BERLIN, 9 NOVEMBRE 1989 :
LA CHUTE

DU MÊME AUTEUR

Juif et Juif : Ashkénazes et Sépharades aujourd'hui,
en collaboration avec Bernard Cohen,
Autrement, 1985

Pour l'amour du peuple : un officier de la Stasi parle,
Albin Michel, 1999

Le Communisme, PUF, coll. « Que sais-je ? », 2001

J'ai vu finir le monde ancien,
Grasset, 2002 (prix du livre politique 2003)

Au fil des jours cruels : 1992-2002, chroniques,
Grasset, 2003

L'Odyssée américaine, Grasset, 2004

Comment sera le monde en 2020 ?
(rapport de la CIA), Robert Laffont, 2005

Rendez-vous avec l'Islam, Grasset, 2005

Sociétés secrètes : de Léonard de Vinci
à Rennes-le-Château,
Grasset, 2007

Conversation sur les sujets qui fâchent : Israël-Palestine,
l'Iran et la bombe, la France raciste ?, identité nationale,
médias et honnêteté, mémoire et Shoah,
avec la collaboration de Clément Weill-Raynal,
J.-C. Gawsewitch éditeur, 2008

Comment sera le monde en 2025 ?
(le nouveau rapport de la CIA),
Robert Laffont, 2009

Le monde est un enfant qui joue,
Grasset, 2009

Alexandre Adler

Berlin, 9 novembre 1989 : la chute

Essai

XO ÉDITIONS

ISBN : 978-2-84563-436-7

À mes frères, à mes sœurs

Avant-propos

Vingt ans déjà, le Mur tombait et notre univers basculait. Jamais on ne vit révolution plus étrange, plus paradoxale. L'Allemagne de l'Est n'avait connu aucune émeute depuis 1953. Son opposition, réduite à une poignée d'intellectuels et d'artistes bohèmes, ne joua aucun rôle dans la chute du régime, au moins avant l'afflux de touristes en fuite qui contournaient le Mur en Hongrie et à Prague.

L'effondrement du communisme est-allemand, qui savait pourtant se montrer dur, voire cruel, ne provoqua pas même une seule victime. L'année précédente, les trois derniers morts du Mur avaient pourtant été abattus sans grande préoccupation d'image, et Honecker, en tant que chef du parti communiste, avait hautement approuvé que l'on tire sur les étudiants à Pékin, à peine quatre mois plus tôt.

Cette étrange révolution mérite bien qu'on

commence à l'expliquer. Et pour cela, il faut partir du début : les hésitations soviétiques face à l'existence même de la RDA dans les années 1950, le succès très marqué de l'*Ostpolitik* qui provoque à Moscou un véritable « mirage ouest-allemand », symétrique à l'Ouest, notamment chez les socialistes du SPD, d'une sorte de « syndrome du pont de la rivière Kwaï ». Il fallut enfin l'héroïsme des grévistes polonais de 1980 pour diviser définitivement le groupe dirigeant soviétique entre partisans de la manière forte et « machiavéliens » plus modérés, tel le président du KGB Youri Andropov. Avec la *perestroïka* de Gorbatchev, les jours du régime est-allemand étaient comptés, bien davantage que les maîtres du Kremlin ne se l'imaginaient eux-mêmes.

Je n'ai pas l'habitude, ou du moins je m'efforce de ne pas trop la contracter, de faire des prévisions historiques qui porteraient sur des événements trop précis. Tout autre est la prévision structurelle qui a ma préférence, celle qui discerne ici la puissance grandissante de la Chine, là l'aspiration de plus en plus clairement exprimée des Iraniens à la démocratie, autrefois le ralliement des élites industrielles sud-africaines à un démantèlement raisonnable de l'apartheid. Dans ces situations, l'analyste des sociétés contemporaines ne prédit rien, il démontre. Mais prédire ou plutôt démontrer la chute du Mur, en 1988, à un an des événements, personne ne s'y risquait, à juste titre.

Moi-même, pas tout à fait. Et pourtant... C'était en décembre 1988, à une réunion organisée par l'IFRI (l'Institut français des relations internationales), à Paris. Me prenant ce jour-là, bien évidemment à l'excès, pour un petit prophète, j'avais mis l'assistance au défi de me démentir si la direction de l'Allemagne de l'Est n'était pas balayée d'ici à un an. Il ne fallut dans la réalité que onze mois pour y parvenir. J'avais vu particulièrement juste dans cette affaire. Mais soyons honnête : je pensais depuis plusieurs mois déjà que Honecker ne pouvait que tomber de manière retentissante, dès lors qu'il avait eu l'imprudence de déclarer la guerre ouverte à Gorbatchev. Mais pas le régime lui-même. C'était trop énorme.

Certes, un rafistolage serait difficile après la chute de Honecker. Mais je pensais que la Russie pourrait encore tenir en respect les pressions de l'Occident et vendre à son prix le plus haut le démantèlement, partiel encore, de la RDA, en obtenant, peut-être en contrepartie, une sortie de la RFA de l'OTAN, en gage d'une réunification très progressive. Et le parti social-démocrate, le SPD de Lafontaine semblait prêt à aller dans ce sens. Je n'avais donc fait qu'entrevoir une lueur de la vérité. Mais j'en étais ainsi bien plus proche que la plupart des observateurs sceptiques. Et, bien sûr, jamais je n'eusse imaginé les suites bouleversantes de la chute du Mur, l'explosion catastrophique de l'Union soviétique elle-même, la désagrégation de la Yougoslavie et bien d'autres choses, moins tristes, comme le triomphe de Mandela ou l'indépendance des pays Baltes.

Je n'évoque pas ces souvenirs un peu limités dans leur portée réelle par narcissisme impénitent (encore que Sacha Guitry ait prétendu qu'il fallait toujours dire du bien de soi, car, le bruit s'en répandant, on finissait par oublier qui avait commencé à le diffuser). Mais je reviens sur tout cela parce que mon analyse de 1988 correspondait sinon à la réalité effective, du moins presque en totalité à la nature du plan Gorbatchev, tel qu'on pouvait, par l'expérience de l'histoire antérieure, en dessiner les contours. Et donc ce plan Gorbatchev, dont la réalité demeure en débat encore chez beaucoup d'historiens des événements de 1989, existait bel et bien puisque je l'avais compris par avance.

Ce petit livre s'efforce de démontrer la réalité, mais aussi les contradictions et les hésitations de cette stratégie qui ont produit *in fine* la chute du Mur par incapacité de traduire le projet dans la réalité.

La véritable histoire de la chute du Mur commence en effet au ciel des idées, avec la formulation d'une stratégie soviétique de « redressement impérial [1] ». Au milieu de l'exécution

---

1. Il s'agissait, sur le modèle analysé par l'historien américano-islandais Paul Kennedy, pour un empire menacé par sa trop grande extension, d'abandonner pendant qu'il en était encore temps des positions intenables et de pratiquer des ouvertures

du plan, une accélération brutale sera imposée fin 1988 par la nature des choses, la crise économique généralisée notamment, laquelle provoquera la brèche de novembre 1989. Par la suite, tout s'emballe et tout se défait, n'était que sur un front secondaire de l'offensive soviétique, celui des Balkans, le plan Gorbatchev réussit d'abord spectaculairement, particulièrement en Roumanie en décembre 1989, avec la chute et l'exécution de Ceausescu. Cette paradoxale réussite, aussi provisoire et précaire qu'elle ait pu être, nous donne rétrospectivement la clef de ce à quoi aurait dû aboutir, aux yeux de ses instigateurs, le plan Gorbatchev s'il avait été un succès : une meilleure emprise d'une Union soviétique intacte sur une Europe de l'Est libéralisée, gagée elle-même sur une alliance solide avec une Allemagne social-démocrate, réunifiée et neutre, celle d'Oskar Lafontaine que le Kremlin avait courtisé sans relâche. Le reste, c'est-à-dire le basculement vers l'est de la France mitterrandiste et le « compromis historique » italien entre communistes et gauche démocrate-chrétienne

---

diplomatiques envers des adversaires les moins résolus. Après son relatif échec en Afrique du Sud en 1900, l'Empire britannique avait ainsi lâché du lest à la France, à la Russie et au Japon pour se concentrer sur la seule menace allemande. Cette stratégie donna encore quarante ans de répit à Londres. Moscou songeait à quelque chose d'analogique à partir du fiasco afghan de 1980, en faisant d'importantes concessions à l'Europe continentale et à la Chine.

appuyé sur une magistrature militante, aux idées proches de celles de la gauche du parti communiste italien, serait venu par surcroît. Ainsi naissait, comme un enchaînement de poupées gigognes, la « maison commune européenne », dont Gorbatchev appelait à la réalisation depuis son intronisation en 1985. Battue stratégiquement, l'Amérique se verrait gratifiée de nombreuses concessions à l'échelle mondiale, du Nicaragua à l'Afghanistan, qui l'anesthésieraient tout un temps. Au reste, le repli soviétique de tous les théâtres extérieurs – Amérique latine, Afrique, Moyen-Orient et Vietnam – était programmé depuis 1985 pour des raisons de cohérence stratégique. Il ne restait plus que d'en vendre chèrement les lots les plus importants aux États-Unis « par appartements ».

Ainsi soulagée par le raccourcissement de sa ligne de front, l'Union soviétique pourrait gagner les dix années d'apaisement nécessaires pour la reconstitution de sa puissance, abandonnant une armée de conscription pléthorique qui avait fait la preuve de sa relative impuissance en Afghanistan pour un système militaire modernisé, fondé sur la recherche de l'intensité technologique et la professionnalisation progressive de ses personnels.

La normalisation des rapports avec la Chine, la transformation de l'Europe de l'Est en protectorat plus débonnaire sur le modèle hongrois qui avait été celui de Janos Kadar, et les relations apaisées avec Israël, débouchant sur un compromis israélo-arabe de portée stratégique, venaient compléter cette nouvelle vision du monde.

Bien sûr, une telle ouverture de grande ampleur ne pouvait être confiée ni aux « bras cassés » de l'appareil international du Parti ni aux mirliflores ignares de l'Armée rouge et du GRU [1], le service de renseignements militaire. Seul le KGB pouvait mener à bien une telle affaire. Son triomphe lui assurerait enfin la réalité effective du pouvoir. Et ainsi la réforme autoritaire par le haut qui a ses lettres de noblesse dans l'histoire russe permettrait enfin au Grand Empire de suivre dans la voie de la modernité son homologue et rival chinois.

Bien davantage que des ratés, il y eut plutôt des erreurs de conception fondamentales dans ce plan mirifique et pourtant intellectuellement impressionnant.

Ce sont d'abord ces erreurs, comme celles du Kaiser en 1916, de Napoléon Ier en 1809, qui ont bouleversé définitivement le visage de notre monde. Et ce sont elles, tout naturellement, qu'il

1. Il a toujours existé en concurrence souvent directe avec le KGB, un service de renseignements purement militaire, rattaché à l'état-major général de l'Armée rouge, la direction générale des renseignements ou GRU en abréviation russe. Longtemps plus ouvert que le KGB, le GRU était devenu dans les années 1970, sous la houlette du général Ivachtchoutine, un bastion du conservatisme néostalinien très tourné vers le « tiers-monde révolutionnaire ».

nous faut d'abord examiner, si nous voulons comprendre quelque chose aux dramatiques événements de novembre 1989, ce bel automne de la liberté où naquit la mondialisation.

En 1916 en effet, le Kaiser, malgré la difficile victoire française de Verdun qui avait porté un coup d'arrêt définitif aux ambitions stratégiques allemandes vers l'ouest, voyait une Russie exsangue se replier sur son territoire essentiel et rechercher la paix. Il ne comprenait pas que, ce faisant, la guerre, désormais limitée au seul front ouest, entraînerait, pour rétablir l'équilibre, l'intervention bien plus redoutable des États-Unis. De la même manière, en 1809, l'Autriche vaincue à Wagram sans nécessité militaire véritable, Napoléon refusait de voir que le tsar Alexandre Ier ne pouvait dès lors que le harceler en combinaison avec les Britanniques en Espagne, faute de quoi il devenait un simple satellite de la France impériale. Le Grand Empire n'y survivrait pas.

En 1987-1989, ivre de ses succès de propagande extraordinaires, Gorbatchev demeurait, de la même manière, aveugle devant la catastrophe déjà engagée sur le plan économique et pensait sans ambages qu'une grande remise à plat du glacis est-européen de l'Union soviétique déboucherait sur une solution viable, et même stratégiquement très supérieure pour Moscou. Son erreur d'imprudence eut le même effet que les deux précédentes erreurs stratégiques de

Napoléon après Wagram ou de Guillaume II, vainqueur de la Russie fin 1916 mais non d'une France qui allait recevoir l'aide des États-Unis.

Le prix de cette présomption stratégique conduisit de la même manière à l'explosion pure et simple de l'ambition impériale communiste.

1

Youri Andropov et les origines lointaines de la chute du Mur

C'était l'un de ces automnes russes parfaitement déprimants, où la brume et les frimas descendent inexorablement sur Moscou, dans l'attente énervante des premières neiges. L'ingénieur général Gueguetchkori, grand spécialiste des bombardiers à long rayon d'action, avait été convoqué de Kiev, où il officiait à la tête d'un bureau de construction aéronautique, à Moscou, et plus exactement à la Loubyanka, le siège tant redouté du KGB, sise en face du plus grand magasin de jouets du pays, Detsky Mir (« Le monde des enfants »), parce que le fondateur des « organes[1] », Félix Dzerjinsky, pensait

1. On appelle ainsi depuis les années 1950 les divers services de sécurité soviétiques dans un lapsus hautement révélateur qui réserve en définitive la seule vie « organique » au KGB, et non plus au parti communiste lui-même, passé peu à peu dans l'« inorganique », le minéral.

exclusivement, afin de se consoler chaque fois qu'il faisait tomber de nouvelles têtes, aux générations de l'avenir.

Gueguetchkori – ainsi que Beria le raconte dans ses Mémoires[1] – fut rapidement reçu par le grand patron des « organes », Youri Andropov, neuvième successeur de Dzerjinsky, à la tête tout à la fois de la première police et du premier service de renseignements du monde. Ce dernier, prétendait-il, voulait connaître de nombreux détails techniques sur le nouveau bombardier supersonique *Backfire*, ses capacités opérationnelles et sa portée réelle, ce que Gueguetchkori s'empressa de lui détailler, avec son évidente compétence. Puis une pause survint dans la conversation. Andropov était satisfait. Mais, comme chez un bon psychanalyste, l'échange venait tout juste de commencer, alors que Gueguetchkori s'apprêtait à prendre congé pour rentrer à Kiev. Andropov, sans lever les yeux de son dossier étalé sur le bureau, lui murmura de sa voix sourde et distinguée, comme pour clore une conversation qui n'avait pas encore eu lieu : « Tu sais, j'ai lu toutes les analyses et les propositions de ton père. Elles étaient absolument correctes. Sur l'Allemagne aussi, bien entendu. »

1. Traduction française : *Beria, mon père : au cœur du pouvoir stalinien*, Plon, 1999.

Gueguetchkori, comme on l'appelait du nom de sa mère Nino, une authentique comtesse géorgienne à la beauté légendaire, n'était autre en effet que le fils unique de Lavrenti Beria [1], fusillé en 1953 après un bref interrogatoire qui faisait suite à son arrestation par les hommes du maréchal Joukov en plein bureau politique.

Gueguetchkori en fut tout abasourdi : Andropov prenait là un risque certain, en revenant sur un verdict infamant contre son père qui n'avait pas été jusqu'alors remis en cause le moins du monde. Dix ans plus tôt, un proche de Beria, le général Soudoplatov [2], avait été libéré, non sans avoir purgé l'intégralité de ses quinze ans de

1. Principale figure du communisme géorgien aux côtés de Staline, Beria était devenu à partir de 1939 le chef de tous les organes de sécurité de l'Union soviétique. Souvent détesté pour la crainte qu'il inspirait, Beria n'en était pas moins un pragmatique avéré qui réussit tout un temps à apaiser les pulsions extrémistes de Staline, et finit à partir de 1951 par s'opposer au Grand Chef sur de nombreux sujets. Au lendemain de la mort obscure de Staline, Beria fait figure de nouvel homme fort du régime pendant tout le printemps 1953, et commence à chambouler beaucoup de choses à l'intérieur de l'Union soviétique comme dans l'empire. Mais, fin juin 1953, il subit ses premiers échecs à Berlin-Est, qu'il paie immédiatement d'une chute retentissante.

2. Pavel Soudoplatov (1907-1996), le chef des opérations spéciales et l'homme de confiance avéré de Beria, avait organisé de nombreuses exécutions d'opposants ou de défecteurs à l'étranger, dont la plus importante, celle de Trotsky à Mexico en 1940. Il avait suivi de bout en bout l'espionnage nucléaire aux États-Unis de 1945 à 1953.

prison, et tous les survivants de la maison Beria étaient partis alors à la retraite, sans grands égards pour leurs faits d'armes passés. Et voici qu'Andropov, en passant, venait tranquillement de se déclarer un chaud partisan des idées de son défunt père.

Il avait même inclus dans son approbation la politique allemande de ce dernier, qui lui était encore reprochée ouvertement à l'époque : son célèbre projet de libéraliser l'Allemagne de l'Est pour la rendre compatible avec l'Allemagne de l'Ouest, quatre ans seulement (1953) après la formation des deux entités opposées, au début de la guerre froide, faisait depuis lors l'objet d'un véritable tabou que le président venait de rompre avec un grand calme apparent.

Nous étions alors à l'automne 1979 et l'Union soviétique manifestait déjà des signes de profonde lassitude. Andropov en était le premier conscient grâce à l'efficacité de son service de renseignements, qui ne lui embellissait pas la situation, et aussi grâce à sa longue expérience des problèmes de l'empire extérieur, dont il avait longtemps eu la charge, de 1957 à 1967 (le département du Comité central intitulé « Étranger socialiste »). Auparavant, il avait déjà dirigé, depuis Budapest où il assurait les fonctions d'« ambassadeur » – c'est-à-dire dans les faits de haut-commissaire du Kremlin pour la

Hongrie –, l'écrasement de l'insurrection populaire. Nul doute qu'Andropov était sincère et bien informé dans sa déclaration spontanée au fils de Beria. Mais si Andropov demeurait bien un romantique de la seconde génération bolchévique, nostalgique de la ferveur révolutionnaire des années de fondation de l'Union soviétique, c'était aussi, pour reprendre l'expression de l'écrivain Veniamine Kaverine [1], « un romantique calculé ». Dans un pays aussi bavard que l'était redevenue l'Union soviétique des années 1970 – ou plutôt déjà la Russie en pleine réémergence –, sitôt que la terreur purement politique s'était relâchée avec Khrouchtchev, il ne pouvait ignorer tout à fait que ses paroles seraient bientôt répercutées, amplifiées et nécessairement déformées, à mesure que la rumeur grandirait. La convocation de Gueguetchkori – Beria fils – était donc une ruse délibérée. On en a la certitude, dès lors que, quelques mois plus tard, Andropov récidivait, frappant cette

1. Veniamine Kaverine (1902-1989), écrivain soviétique d'avant-garde initialement lié au groupe des Frères Sérapion, proche du formalisme et qui, par la suite, écrira des reportages de guerre célèbres, proches par le ton de ceux de Vassili Grossmann. Son chef-d'œuvre de 1929, *Peintre inconnu* (traduction française, Gallimard, 1964) évoque de manière quelque peu dissimulée l'avènement du stalinisme qu'il désigne comme le passage du « romantisme du calcul » – les utopies constructivistes – au « romantisme calculé » – le machiavélisme à double fond que commençaient à pratiquer dès ce moment artistes et intellectuels, parfois même au péril de leur vie.

fois-ci depuis Belgrade, où toutes représailles de ses adversaires soviétiques étaient évidemment impossibles. Cette fois-ci, son second interprète fut un général yougoslave à la retraite, Anton Kolendic[1]. Ce dernier avait été un courageux officier de partisans, serbe, qui, à la fin de la guerre et après une période d'instruction à Moscou, fut recruté comme officier de renseignements yougoslave dans l'UDBA – le KGB de Tito. D'abord en poste à Vienne, il avait commencé, comme il le racontera lui-même en 1987 dans la presse de Belgrade, par le recrutement de Kurt Waldheim, avant de devoir repasser son dossier aux « Frères soviétiques ». Puis ce fut Sofia, capitale de la Bulgarie, en plein affrontement soviéto-yougoslave. Chargé des affaires soviétiques au moment où Andropov commençait à Moscou à prendre en charge le dossier yougoslave, Kolendic était devenu l'interlocuteur privilégié puis le véritable ami du futur chef du KGB. Proche du ministre de l'Intérieur de Tito, Rankovic, il fut éliminé dans les années 1960, tout comme son patron, pour « nationalisme serbe et philosoviétisme ». Mis à la retraite, il se consacrait depuis lors à l'histoire de la résistance yougoslave et entretenait de bons rapports avec ses amis de Moscou. Parti consulter des archives en Union soviétique pour

1. Auteur de l'ouvrage traduit en français : *Les Derniers Jours. De la mort de Staline à celle de Beria*, Paris, Fayard, 1982.

écrire une histoire des rapports de Staline et de Tito, Kolendic affirme que lui fut confié, sans qu'il l'ait demandé, un épais dossier sur Beria, dont il fera un petit livre, épuisé en quelques jours à Belgrade : *Les Derniers Jours.* Il apparaissait ici un visage de Beria parfaitement opposé à l'image du tortionnaire sanguinaire et du criminel sexuel que Khrouchtchev avait complaisamment répandue par la suite. Beria s'était surtout opposé, de manière de moins en moins feutrée, à Staline de 1950 à 1953, défendant des réformes économiques notamment en matière agricole, une politique des nationalités moins russificatrice, la libération de la plupart des pensionnaires du Goulag, qu'il effectua juste après la mort de Staline, en avril-mai 1953, et surtout la liquidation de la RDA au profit d'une « réunification-neutralisation [1] » de toute l'Allemagne. Ce volet allemand de la « doctrine Beria » était du reste le mieux connu. En août 1952, quelques mois avant sa mort, Staline avait lui-même adressé au chance-

1. Ce projet évoqué de plusieurs côtés, notamment dans la gauche allemande dès 1949-1950 aurait consisté à revenir sur la naissance brutale des deux États allemands séparés. L'ensemble réunifié sous une forme ou sous une autre aurait alors été « neutralisé » avec des forces armées très réduites, la non appartenance à quelque alliance extérieure que ce soit, et un départ programmé des forces d'occupation américaines et soviétiques. Ce programme avait notamment séduit les dirigeants du parti social-démocrate à l'Ouest.

lier Adenauer[1] une « note » lui proposant de reprendre une négociation en vue de réunifier les deux Allemagnes en une seule entité neutre et, sur l'essentiel, désarmée. Adenauer avait interprété cette note comme un véritable cheval de Troie soviétique, dont la finalité ne serait autre que de démobiliser son opinion publique, au moment où devait s'effectuer le réarmement ouest-allemand, sous le couvert d'une « Communauté européenne de défense » (la CED). Il avait donc opposé à Staline une fin de non-recevoir assez sèche.

Nullement découragé par la rebuffade, voici que Beria prend avantage de la mort de Staline pour remettre le couvert. Il impose rapidement deux hommes clefs de ses services secrets, le fondateur du KGB est-allemand, Wilhelm Zaisser, héros de la guerre d'Espagne, et celui qu'on avait commencé à Moscou à surnommer le « Richard Sorge » du front ouest, le journaliste Rudi Herrnstadt, pour encadrer et commencer à neutraliser l'impopulaire chef

1. Konrad Adenauer (1876-1967), premier chancelier de la République fédérale d'Allemagne. Ce catholique conservateur, arrêté plusieurs mois par la Gestapo après l'attentat contre Hitler de juillet 1944, fut le premier maire de Cologne de 1945 et le fondateur du parti chrétien-démocrate, la CDU. Il dirigea d'une main ferme et généreuse le gouvernement de la RFA de sa fondation en 1949 à 1963. Il incarne encore la renaissance de la démocratie en Allemagne.

du parti communiste local (le SED), Walter Ulbricht, à terme bien sûr pour s'y substituer. Plus spectaculaire encore, Beria fait sortir de sa résidence surveillée russe le vaincu de Stalingrad, le maréchal Paulus, pour l'installer en majesté à Berlin-Est, et sans doute le faire devenir un peu plus tard, ainsi qu'on le murmurait déjà, le président de la République (sans pouvoir évidemment) d'une Allemagne de l'Est en voie de liquidation. C'est, semble-t-il, cette posture globale, solidaire d'une vision stratégique passablement hétérodoxe, qu'Andropov était ainsi en train de déterrer, à petites touches, en cet automne 1979. Au même moment par ailleurs, les préparatifs soviétiques d'intervention militaire à Kaboul, effective en décembre, laissaient présager une rupture, il fallait l'espérer provisoire, de la détente avec les États-Unis.

Dix ans plus tard après ces révélations calculées d'Andropov, en 1989, c'est bien un plan fort semblable à celui qu'inspirait Beria peu avant sa mort, qui semblait être suivi pas à pas par le gouvernement soviétique de Mikhaïl Gorbatchev. Mais Andropov était mort pendant l'hiver 1984, sans avoir pu mener à bien son programme proprement dit, et rien ne prouve encore, malgré ses discrètes tentatives de réhabilitation de son prédécesseur géorgien, qu'il eût pu envisager un plan stratégique est-européen et allemand d'une si grande ampleur. Après tout, à un moment où l'affrontement avec les États-Unis se faisait inévitable, notamment sur le déploiement des euromissiles en Allemagne de l'Ouest, cela avait beaucoup de sens pour Moscou de relancer la question allemande en faisant miroiter à l'opinion de gauche pacifiste en RFA une détente spectaculaire, sans pour autant aller aussi loin que Beria. Et Andropov, qui se savait assez malade et même condamné à moyenne échéance, venait de décider de balayer tout le système de pouvoir de Brejnev pendant qu'il en était encore temps. L'ancien chef du KGB voulait en effet assumer brièvement le pouvoir suprême afin de laisser place nette à un jeune successeur de son choix. Mais il lui fallait aussi pour cela nécessairement conduire une réhabilitation partielle de Beria. Après l'arrestation et l'exécution de ce dernier en 1953, il avait été établi comme une règle infrangible que le chef des services secrets ne pourrait jamais aspirer à la position de numéro un du Parti. Andropov venait en fait en réhabilitant discrètement Beria d'entamer un processus de remise en cause de cette règle et, en réalité, de bien d'autres choses encore en Union soviétique ; ceci le conduira brièvement à assumer tous les pouvoirs à Moscou de novembre 1982 à février 1984. Et c'est là, entre autres bouleversements, que se joue la question du destin définitif de l'Allemagne, telle une boîte de Pandore que l'on venait d'ouvrir afin de résoudre par priorité des problèmes spécifiquement soviétiques.

L'HEURE DE LA GLOIRE POSTHUME D'ANDROPOV

Pourtant, ce plan Andropov, peut-être encore embryonnaire, va faire son retour en force sous Gorbatchev, et tout particulièrement avec l'épanouissement définitif de la *perestroïka*, qui commence pour de bon après la rencontre décisive entre Mikhaïl Gorbatchev et Ronald Reagan en septembre 1986 en Islande. Que s'était-il passé entre-temps pendant ce nouveau « temps des troubles » où Brejnev s'était affaissé sur un pouvoir en capilotade, Andropov lui avait succédé pour une petite année et Tchernenko tenté encore un an d'arrêter le cours de l'histoire au service de la faction brejnévienne ?

Tout d'abord la Pologne. La gravité de la situation polonaise est désormais à l'esprit de tous les dirigeants de l'Union soviétique. L'explosion de la grève de masse à Gdansk à l'été 1980 et l'installation durable, au cœur de la société polonaise, d'un mouvement syndical indépendant, Solidarnosc, qui arrive à recruter dans ses rangs un bon tiers des adhérents de base du parti dirigeant sont un coup de poignard mortel pour le système brejnévien, un système par ailleurs déjà vermoulu qu'il fait éclater instantanément.

Il est vrai que, comme le note, seul, le président Valéry Giscard d'Estaing dans ses Mémoires[1], Edward Gierek, le « satrape » de la Pologne, était un protégé personnel de Léonide Brejnev. Ce dernier, en effet, en bon fils du *melting-pot* du Donbass[2], avait une mère polonaise et, grâce à sa famille maternelle, était, depuis son enfance, quasiment bilingue. Le modèle polonais de Gierek – forte ouverture économique vers l'Occident, paternalisme ouvriériste, mais aussi non moins forte centralisation industrielle autour du charbon, de l'acier et des chantiers navals – représentait exactement ce point moyen – ni réformes économiques à la Kossyguine ni planification autoritaire à la Souslov[3] – que Brejnev entendait incarner.

Depuis la chute de Khrouchtchev en 1964 en effet, le secrétaire général du Parti, Brejnev arbi-

1. *Le Pouvoir et la Vie*, Paris, Cie 12, 1988-2006.

2. Le Donbass (bassin du Don), à cheval sur l'Ukraine et la Russie du Sud, fut dès 1870 le centre névralgique de l'industrie russe naissante, la « Ruhr de l'empire des tsars », attirant vers ses villes de très nombreux paysans russes et même polonais à côté des Ukrainiens et des juifs indigènes qui ne tardèrent pas à se mêler les uns aux autres.

3. Professeur de marxisme-léninisme puis secrétaire de Staline pour les problèmes idéologiques, Souslov s'adapte après 1953 au dégel, non sans lui imposer une conception la plus restreinte possible. L'un des artisans de la chute de Khrouchtchev en 1964, il se voit néanmoins refusé la place de secrétaire général par ses collègues qui redoutent sa sévérité. Éternel numéro deux du régime de 1964 à sa mort en février 1982, Souslov a toujours incarné la fermeté et l'intransigeance idéologiques les plus grandes.

trait au profit de l'immobilisme total les conflits d'une direction de plus en plus divisée où s'affrontaient des nostalgiques de l'ère stalinienne regroupés autour du deuxième secrétaire Mikhaïl Souslov et des réformateurs économiques prudents, dont le chef de file était le Premier ministre Alekseï Kossyguine. La chute de Gierek après les grèves de Gdansk en 1980 fut *de facto* le commencement de la sienne. Désormais, autour du vieux corps chancelant et meurtri de Brejnev, on pouvait discerner à l'œil nu un grouillement d'ambitions, pas toutes rassurantes. Très vite, deux camps opposés se mettent donc en place, à partir de la crise polonaise, pendant l'automne et l'hiver 1980-1981 : Tchernenko, le fondé de pouvoir de Brejnev, s'allie au vieil idéologue en chef néostalinien Souslov, à certains dirigeants de l'armée tels le commandant du pacte de Varsovie, Koulikov[1] et le chef du renseignement militaire (le GRU) Ivachtchoutine, pour prôner la rupture avec l'Occident et le retour à la manière forte avec les Polonais plus qu'à demi insurgés, sur le

1. Officier de reconnaissance tactique pendant la Seconde Guerre mondiale, Mikhaïl Koulikov, un protégé du très stalinien maréchal Gretchko, a fait une grande partie de sa carrière au GRU, avant d'être promu au rang de numéro trois de l'Armée rouge, commandant en chef du pacte de Varsovie en 1970, pour y appliquer la nouvelle doctrine de Brejnev, qualifiée de « souveraineté limitée ». Très vite, il détestera la plupart de ses collègues d'Europe de l'Est, et tout particulièrement Wojciech Jaruzelski qui ne cessait d'en appeler de son autorité à celle de son protecteur direct Youri Andropov au KGB.

modèle de non insurrection en Hongrie de 1956. De grandes manœuvres militaires, notamment navales, doivent faire comprendre à la très faible direction polonaise du velléitaire Stanislaw Kania, qui a succédé en catastrophe à Gierek fin 1980 après le triomphe des grèves de la Baltique, et par-dessus sa tête au peuple polonais dans son ensemble, que la patience du Kremlin est à présent à bout. C'est alors l'heure de gloire véritable pour Youri Andropov, gloire entièrement méritée qui le poursuivra après la tombe. N'hésitant pas à braver ses collègues les plus conservateurs du Politburo, le chef du KGB met son veto à toute intervention armée en Pologne, fort tout à la fois de son incomparable expérience antérieure à Budapest et de ses relations personnelles au sein du parti polonais contractées entre 1957 et 1967. Le général Wojciech Jaruzelski commandait en effet l'armée polonaise avec modération et patriotisme, depuis l'arrivée au pouvoir de Gierek, en 1971. Conjointement avec le secrétaire général du Parti, il s'était engagé, après les grèves insurrectionnelles de la Baltique de 1970, qui s'étaient étendues à partir de la grande ville portuaire de Szczecin, à ne jamais plus utiliser la force armée contre le peuple en grève.

Gierek et lui étaient demeurés sur la même ligne pacifique pendant la grève de Gdansk de l'été 1980, évitant ainsi le pire. Cette attitude avait même valu à Gierek d'être giflé dans son propre bureau par le commandant du pacte de Varsovie, le maréchal Koulikov, ivre (entre autres) de fureur, qui lui enjoignait de faire usage sans plus tergiverser de la force armée. Mais Jaruzelski avait aussi servi comme jeune lieutenant formé en Union soviétique, puis en Pologne et en Slovaquie, contre les insurgés ukrainiens qui demeuraient actifs après 1945. Ces états de service d'officier des garde-frontières soviétiques lui permettaient ainsi d'entretenir des contacts directs avec Andropov, par-dessus la tête de ses chefs politiques supposés. Gierek tombé, les modérés du Kremlin emmenés par Andropov vont donc tout miser sur leur ami polonais du ministère de la Défense.

Et ce sera, en décembre 1981, leur véritable triomphe avec la proclamation d'un « état d'urgence » sans intervention soviétique directe ni véritable effusion de sang. Jaruzelski, en prenant les rênes d'une Pologne à moitié normalisée, venait de faire roi Youri Andropov, à Moscou.

Certes, le coup de maître d'Andropov avait failli être contrarié définitivement six mois plus tôt par la tentative d'assassinat du pape Jean-Paul II de mai 1981. Celle-ci aurait dû très certainement, dans l'esprit de ses véritables instigateurs soviétiques, provoquer une insurrection populaire du désespoir en Pologne. Ainsi aurait sans doute été légitimée l'intervention soviétique massive qu'Andropov et ses alliés étaient parvenus à enrayer de justesse jusque-là. Le fait qu'il ait fallu pour les instigateurs véritables de l'attentat en passer par une filière bulgare très peu sûre, que l'assassin turc Mehmet Ali Agça ait été initialement dirigé, selon ses propres dires répétés, vers Lech Walesa de passage à Rome en mars 1981, et seulement après cette date vers Jean-Paul II lui-même, révèle bien la panique et les hésitations des conjurés. En tout cas, de ces deux événements combinés, l'attentat manqué contre Jean-Paul II et la réussite de l'état d'urgence du général Jaruzelski, découle six mois plus tard la prise de pouvoir véritable d'Andropov, fin 1981. L'année 1982 ne fera qu'entériner les effets de la bataille précédente, en faisant d'Andropov d'abord le numéro deux officiel du Parti en février à la mort de Souslov, puis en novembre le successeur en titre de Brejnev – enfin décédé d'un coup de froid – à la tête de l'Union soviétique.

Aussitôt, une petite brouille éclatait avec la Bulgarie, parfaitement décelable dans la presse soviétique dès décembre 1982. Puis plusieurs officiers importants du KGB bulgare, la Derjavna Sigournost, étaient arrêtés, tandis que la fille du « satrape », Ludmila Jivkova, qui épaulait son père en toutes circonstances, était retrouvée morte dans sa salle de bains pendant l'été 1981, trois mois seulement après la tentative d'assassinat du pape. Désormais, la page de la manière forte, du poing de fer (*jostkoïe rukovostvo*) était tournée définitivement partout dans l'empire, tandis que la valse des cadres brejnéviens et néostaliniens se mettait en place, depuis Kaliningrad jusqu'à Vladivostok. Le coup d'État néostalinien, dont l'attentat de Rome devait être la pièce maîtresse, avec à la clef une intervention directe en Pologne, était balayé. La *perestroïka* allait découler très directement de cette bataille souterraine mais décisive.

IL FAUT SAUVER L'EUROPE DE L'EST QUAND IL EST ENCORE TEMPS

Mais, une fois cette stabilisation assurée, on passait incontinent au second point : que fallait-il donc faire de l'Europe de l'Est, à présent que la situation se redressait ? Andropov était un visionnaire, mais c'était aussi un visionnaire tributaire de ses expériences du passé : dans les années 1950, il avait appliqué fidèlement la ligne de son chef Beria, et approuvé même, en 1953, ses conceptions fort audacieuses en matière allemande. Mais ensuite, en 1956, il avait, au moins en apparence, sauvé la mise aux prosoviétiques les plus bornés en Hongrie, en prenant la tête de la répression. Mais, tout de même, il avait dans la foulée installé au pouvoir à Budapest celui qui allait s'avérer le plus antistalinien de tous les

« satrapes », Janos Kadar [1], avec la mission de sortir peu à peu la Hongrie de l'impasse en limitant considérablement les effets de la terreur répressive. Devait-il s'inspirer de ce précédent ?

Voyons à présent ce que signifiait l'application de cette double expérience d'Andropov aux données du début des années 1980 : Jaruzelski avait donné un petit répit à l'Union soviétique pour réorganiser à marche forcée toute la politique impériale. C'était maintenant à Moscou de répondre à ce défi avant qu'il ne soit vraiment trop tard. En Pologne même, le nouveau pouvoir, qui insistait sur sa dimension quasi bonapartiste indépendante du vieux parti communiste, et la mise au rancart presque officielle de l'appareil administratif, aimait jouer au chat et à la souris avec Solidarnosc, emprisonnant ses chefs mais continuant à dialoguer avec eux, ainsi qu'avec Rome, jusqu'à ce qu'un compromis acceptable soit adopté. Il aura fallu pour cela en

1. Janos Kadar (1912-1989), homme politique hongrois, principal dirigeant de la Hongrie de 1956 à 1988. Militant communiste de la première heure, Kadar dirige le parti clandestin à la fin de la Seconde Guerre mondiale. Intégré dès cette période au KGB, il prend en main le ministère de l'Intérieur, avec l'appui de Beria. Arrêté et torturé en 1951, il est réintégré dans les rangs du Parti en 1955 et soutient son vieux rival Imre Nagy dans sa politique de déstalinisation, avant de sauter *in extremis* du train de l'insurrection pour appeler à l'aide les Soviétiques. Il dirigera ensuite la Hongrie de 1957 à 1986 (deux ans avant sa mort) mettant en place de grandes réformes avec l'aide constante de son protecteur de toujours Youri Andropov.

passer par la médiation de la haute hiérarchie de l'Église polonaise du cardinal Glemp [1], dont la modération procommuniste était comprise de beaucoup au Vatican. Une sorte de solution politique se dessinait ainsi peu à peu, à petites touches, à mesure que l'existence de Solidarnosc apparaissait à tous comme incontournable.

En Hongrie, Kadar représentait encore, malgré son grand âge, l'incarnation du modèle à généraliser le plus possible, au-delà des frontières de son pays. Mais à mesure que le temps passait, il fallait aussi songer à la relève et à bâtir autour de lui une équipe solide de réformateurs appartenant à la génération suivante. Jivkov [2] en

1. Né dans une famille paysanne de Cujavie qui fit partie de l'empire allemand avant 1914, le cardinal de Varsovie, chef de l'assemblée épiscopale polonaise, était un patriote nationaliste assez antioccidental et favorable au compromis avec le régime ainsi qu'avec la Russie. Son propre frère qui avait combattu dans les partisans sous l'occupation était d'ailleurs un petit responsable communiste qui devint même député en 1988. Il était depuis toujours le grand rival de son homologue de Cracovie Wojtyla, devenu en 1978 le pape Jean-Paul II. Cette rivalité n'empêcha pas les deux hommes de collaborer dans les années 1980 à la recherche d'un compromis et d'une stabilisation politique en Pologne.

2. Après une carrière dans la police communiste bulgare, Todor Jivkov prend le pouvoir à Sofia en 1956 en tant qu'allié de Khrouchtchev. Par la suite, très proche ami de Brejnev, Jivkov s'émancipera de plus en plus de la tutelle de Moscou, tout en secondant activement la politique soviétique au Moyen-Orient, notamment en Syrie. Très opposé aux réformateurs soviétiques, il met dès le déclenchement de la crise polonaise ces services secrets au service de la fraction brejnévienne et ne se réconciliera plus jamais avec le Kremlin qui organise sa chute en 1989. Il mourra en prison en 1993.

Bulgarie et Ceausescu[1] en Roumanie, bien sûr, devaient être remplacés rapidement par des personnages plus rationnels, tout à la fois acquis à Moscou et aux réformes. En Tchécoslovaquie, le successeur malheureux de Dubcek, Gustav Husak[2], était par conséquent lui aussi condamné à terme en tant que grand architecte de la « normalisation » après le Printemps de Prague, et Andropov eût volontiers installé en Tchécoslovaquie, pour commencer, son vieil ami Barak, ancien ministre de l'Intérieur en disgrâce, et,

1. Militant communiste depuis les années 1930, Nicolae Ceausescu fait figure de dauphin du premier leader de la Roumanie socialiste Gheorghiu-Dej dans les années 1950. Chef de la Roumanie depuis 1964, il engage d'abord son pays dans une politique d'indépendance vis-à-vis de Moscou, avant de s'enthousiasmer depuis le début des années 1970 pour les cultes de la personnalité asiatiques, après son grand voyage en Chine et en Corée du Nord. Le caractère de plus en plus ubuesque de son régime en fait un relatif inclassable, particulièrement mal vu de la Hongrie voisine qui lui reproche de maltraiter sa sécurité nationale.

2. Gustav Husak. Agent du KGB dans la Slovaquie fasciste dès la fin des années 1930, cet avocat nuancé fut un héros de l'insurrection antiallemande de 1944 et l'un des principaux accusés (de nationalisme slovaque) des procès de Prague. En 1952, condamné à la perpétuité, il est réhabilité et devient le principal protecteur d'Alexandre Dubcek. Partisan modéré mais décidé du Printemps de Prague en 1968, il finit par accepter la « normalisation » de la Tchécoslovaquie qu'il modère quelque peu. Bien qu'hostile aux pires staliniens de la nouvelle direction, il n'en prend pas moins des garanties avec Brejnev qui le protège et devient peu à peu le symbole de la débâcle du communisme tchécoslovaque, malgré certains instincts modérés qu'il continue à conserver.

pourquoi pas quelques dirigeants adaptables du Printemps de Prague, principalement l'ancien ministre de la Culture, Cestmir Cisar, qui avait déjà fait acte de candidature.

Mais quel serait l'intérêt stratégique de cette relève ? Il s'agissait pour Andropov d'apaiser partout les opinions publiques est-européennes, de permettre un relèvement rapide de leur niveau de vie, avec l'aide contrainte des Européens de l'Ouest, et d'engager, là où le besoin s'en faisait sentir, des expériences plus audacieuses encore. Les dialogues avec des oppositions, intellectuelles en Hongrie, religieuses en Pologne, révisionnistes de tendance social-démocrate en Tchécoslovaquie, étaient ainsi peu à peu envisagés dans le silence des bureaux et des instituts peuplés d'officiers supérieurs du KGB. Partout, Moscou tracerait ainsi une ligne rouge, celle-là même que les insurgés hongrois de Budapest avaient malencontreusement franchie en 1956 : respect des alliances internationales et du pacte de Varsovie, maintien d'une importante propriété d'État et coopération économique plus intégrée encore avec l'Union soviétique, affirmation dépourvue d'ambiguïté d'un rôle dominant, mais peut-être pas dirigeant au sens strict, pour le parti communiste. En deçà de ce plafond à ne pas franchir sous peine d'intervention militaire, tout le reste deviendrait peu à peu négociable. L'empire modernisé et progressivement apaisé pourrait de la sorte être sauvé et, avec lui, le rôle mondial encore incontesté de l'Union soviétique.

POURQUOI ANDROPOV? PETITE EXCURSION BIOGRAPHIQUE

Il nous manque cependant un élément fondamental de la biographie d'Andropov pour comprendre comment il avait pu en arriver à formuler de telles audaces. Jeune officier du KGB (alors le NKVD [1]), en poste dans la direction des Jeunesses communistes (Komsomol), Andropov avait en effet été distingué précocement par Staline (il avait vingt-cinq ans et revenait d'une brève mission en Espagne) pour diriger aux côtés du vieux bolchevik finlandais Otto Kuusinen [2] ce

1. Le Commissariat du peuple, ministère de l'Intérieur formé en 1923, donna (entre autres) naissance, après 1939, à un ministère indépendant de la Sécurité de l'État, le MGB. Ce ministère fut transformé, après la mort de Staline, dès 1954, en « Comité pour la sécurité d'État », réputé moins violent – le KGB.

2. Fondateur du parti communiste de Finlande, doté d'une solide formation marxiste, Otto Kuusinen est contraint de vivre en exil en Union soviétique après 1920. Il devient assez vite numéro deux de l'Internationale communiste et son principal penseur stratégique avec l'Italien Palmiro Togliatti. Ayant souffert de l'arrestation de son propre fils dans les années 1930, Kuusinen sera après 1945 l'un des opposants modérés les plus résolus à Staline. Membre du bureau politique soviétique, après la mort de Staline, il sera l'un des politiques intellectuels les plus engagés dans la libéralisation des années 1960.

qui aurait dû être la marche triomphale de l'Armée rouge sur Helsinki en 1939. On sait que la résistance héroïque des Finlandais pendant l'hiver 1939-1940 eut raison des ambitions géopolitiques de Staline. Celui-ci dut se contenter, au printemps 1940, d'un petit quart de victoire, qui laissait intacte une Finlande vibrante de colère. Cette Finlande, désormais fondamentalement hostile, ne tarda pas à prendre sa revanche en entrant à son tour en guerre, aux côtés de Hitler, en juin 1941 (mais sans instauration d'une dictature ni persécution de ses quelques juifs).

Après ce fiasco, et toujours protégé du grand Kuusinen qui n'appréciait guère Staline en son for intérieur, Andropov sera chef des Jeunesses communistes de la Carélie soviétique, limitrophe de la Finlande, et à ce titre commandant des partisans sur le front finlandais à partir de 1941. En 1943-1944, il lui revient ainsi d'appliquer vis-à-vis de ses ennemis finlandais la nouvelle politique, dite de « démocratie populaire », qui est aux origines mêmes de la fameuse « finlandisation ». Échaudée par la résistance finlandaise de 1940, et pressée de se délester d'un front secondaire qui drainait des ressources utiles ailleurs, l'Union soviétique voulait bien en effet dès 1943 négocier une paix séparée de compromis avec la Finlande, qui passait de sa part par une renonciation définitive à l'annexion du pays, et même par l'acceptation d'un système parlementaire classique, où le parti communiste finlandais trouverait naturellement à s'insérer sans toutefois prendre le pouvoir. Brillante victoire de Beria et de son allié bulgare, le chef de l'Internationale communiste Georges Dimitrov, la stratégie finlandaise (dont Kuusinen, le grand ami de Dimitrov, était le véritable inventeur) ne passa pas toujours bien chez quelques cadres communistes locaux, particulièrement fanatisés. C'est ainsi que le chef des guérilleros communistes finnois qui combattaient avec l'Armée rouge en Carélie, sur les arrières de l'armée finlandaise, Antikainen[1], trouva rapidement la mort dans une embuscade bien suspecte, qui avait tout de la liquidation par les services de Beria d'un opposant sectaire de gauche indigné par la paix de compromis qui se concoctait au même moment avec le maréchal Mannerheim, le chef de la Finlande en guerre.

En 1978, en pleine régression brejnévienne, et alors que la politique pragmatique d'Andropov était de plus en plus clairement contestée au

1. Militant communiste finlandais et agent du KGB, responsable de l'appareil clandestin à Helsinki, Antikainen rejoint l'Armée rouge en 1941 et organise sur le front de Carélie des unités de guérilleros qui opèrent derrière les lignes finlandaises. Il meurt fin 1943 dans des circonstances obscures. Le gouvernement finlandais a toujours nié toute implication dans son embuscade fatale. Vers la même période, plusieurs affaires semblables auront lieu en Grèce occupée avec quelques chefs de partisans communistes trop hostiles à toute réconciliation avec les Anglais et les monarchistes.

sein même du KGB par les proches de Brejnev, paraissaient à Leningrad les Mémoires d'un obscur cadre du Parti, un certain Kouprianov, qui n'auraient eu aucune chance d'être édités, en tout cas sous une forme si visible, s'ils n'avaient présenté pour certains (en l'occurrence le chef idéologue Mikhaïl Souslov, grand maître des éditions) un intérêt politique aussi suspect qu'indirect. En effet, en 1949, dans les suites de l'affaire dite « de Leningrad », qui fut la dernière purge sanglante d'une direction du parti communiste en Union soviétique, à l'instar de nombreux autres cadres de Russie du Nord, Kouprianov, qui avait été nominalement le patron d'Andropov en Carélie, avait été destitué puis assigné à résidence. Avec la déstalinisation, Kouprianov avait toutefois été réhabilité dès 1957 par Khrouchtchev et rétabli dans des fonctions officielles bien que toujours subalternes. Désormais retraité, voilà que, sous prétexte d'évoquer l'édification du socialisme en Carélie, il soulevait un coin du voile sur la mort suspecte d'Antikainen, qu'il qualifiait lui-même d'incident obscur, pour mieux compromettre Andropov, dont déclarait-il non sans vilenie, la responsabilité avait été évoquée à l'époque, bien qu'aucune preuve, ajoutait-il, n'ait jamais été apportée contre lui. Paru en pleine période d'apogée apparente d'Andropov, alors à la tête du KGB, le livre de Kouprianov était pour les observateurs sagaces de la scène moscovite la manifestation éclatante de la précarité de la situation du président des services de sécurité à ce moment-là. Car il lui était aussi reproché, en clair, d'avoir été, dans sa jeunesse en Carélie de 1941 à 1952, l'un des fauteurs (avec le grand révisionniste antistalinien Kuusinen) de la « finlandisation », cette funeste capitulation devant l'esprit bourgeois, qui avait même été amplifiée après 1954. La chasse à Andropov était ainsi ouverte, ou à tout le moins déclarée pour un temps au moins.

Pour l'essentiel, Kouprianov et ses inspirateurs, bien plus haut dans la hiérarchie, avaient parfaitement raison à leur manière. Andropov avait fait partie, dès son jeune âge, des créateurs politiques du « compromis finlandais ». Et ce compromis de 1943 annonçait, dès cette date, l'émergence d'un courant pragmatique propre à la haute direction soviétique tout prêt à sacrifier d'authentiques communistes à ses nouveaux amis bourgeois. Ce courant s'était, par la suite, affirmé sous Khrouchtchev, et prenait prétexte de la crise économique qui avait débuté en 1976 pour réclamer encore et davantage de concessions « à l'ennemi de classe » un peu partout. À la tête du KGB, Andropov incarnait ainsi une continuité de dessein parfaitement visible. Il fallait enrayer son influence, par divers moyens, ce qui fut tenté avec une particulière énergie entre 1977 et 1981. Et voici que parvenu au faîte du pouvoir impérial, en 1982, et se sachant très peu de temps à vivre, Andropov voulait en effet, avec des méthodes originales – qui ne reculaient d'ailleurs pas devant le meurtre politique si nécessaire –, tout changer dans l'empire, « tout bouleverser », tel un moderne prince Salina du *Guépard*[1], « afin que tout demeure en place ». La victoire sur le fil d'Andropov en 1981 sanctionnait finalement la percée stratégique des insurgés polonais de Solidarnosc et ouvrait la porte à une remise en cause fondamentale des formes de domination soviétique à l'est. Il n'est donc nullement exagéré de dire que c'est de la crise politique fomentée par un Andropov qui luttait pour sa vie que date la première fêlure qui conduira très directement à la disparition de l'Allemagne de l'Est sept ans plus tard. Il est encore plus légitime d'affirmer que ce sursaut réformiste soviétique lui-même, a pour origine l'action conjointe du pape Jean-Paul II et des dirigeants de Solidarnosc pour mettre un terme au régime communiste en Pologne, sans violence ni guerre civile. Mais ce modèle de sortie de crise expérimenté en Finlande, affiné au fil des ans en Hongrie, élargi à chaud en Pologne, pouvait-il s'appliquer sans nuances à l'Allemagne de l'Est ? Telle était l'angoissante question qu'Andropov mourant léguait à Gorbatchev, sans avoir pu la résoudre.

1. *Le Guépard*, célèbre roman de Giuseppe Tommasi, prince de Lampedusa, paru en 1958, retrace la vie de don Fabrizio Salino, un prince sicilien, au milieu des tourments révolutionnaires du Risorgimento. Le roman va connaître une renommée universelle grâce à son interprétation cinématographique de Luchino Visconti.

2

La RDA, l'enfant mal-aimé de Staline

Le nouveau pouvoir soviétique, issu du coup d'État discret contre Brejnev de 1982 pouvait concevoir sans trop de difficultés une nouvelle Europe de l'Est : après tout, la Pologne populaire bénéficiait, grâce à l'arbitrage de Staline de 1945, de frontières très favorables, face à l'Allemagne. Des frontières auxquelles elle tenait comme à la prunelle de ses yeux. Cela la rapprochait *ipso facto* d'une Union soviétique garante du *statu quo* territorial. De même, la Tchécoslovaquie libéralisée pouvait conquérir d'importants marchés pour son industrie renaissante en Union soviétique et la Hongrie, approfondir ses liens avec l'Autriche neutraliste et espérer d'un nouveau pouvoir en Roumanie un meilleur traitement de ses minorités en Transylvanie. Et même la Roumanie et la Bulgarie, désinfectées de leurs dirigeants impossibles, pouvaient trouver d'importants avantages économiques et à terme politiques dans leurs relations avec l'Union soviétique. Dans chacune des « démocraties populaires », il serait évidemment loisible de flatter les sentiments nationaux endoloris de la population.

Un seul pays pourtant manquait à l'appel dans cette réforme grandiose, l'Allemagne de l'Est. Un Mendès France soviétique qui aurait défendu l'équivalent de l'émancipation du Maroc et de la Tunisie devant le Politburo (c'est-à-dire en gros le plan Andropov en Europe de l'Est) se serait arrêté sur la RDA, tel le grand réformateur français sur le cas algérien, et se serait sans aucun doute rhétoriquement exclamé : « Attention, pas de changement possible en RDA, car la RDA, c'est l'Union soviétique ! » Pas d'ouverture économique qui pût soulager quoi que ce soit à Berlin-Est : les entreprises allemandes de l'Est fabriquaient déjà toute l'électronique de pointe et l'informatique du complexe militaro-industriel de l'Union soviétique, et parvenaient à vendre leur savoir-faire technologique à un bon prix, telle l'usine Zeiss d'Iéna qui avait fourni toute l'optique de la navette spatiale *Bourane* à Baïkonour. Les réformes économiques semblaient dans ces conditions moins urgentes, d'autant plus que, sans droits de douane de la RFA, ses produits entraient librement dans la Communauté européenne. Mais s'il s'agissait du sentiment national proprement dit, alors, il était impossible de lui laisser libre cours, au risque de provoquer un irrésistible mouvement de patriotisme allemand transfrontalier, qui ferait exploser toute la stabilité de l'Europe. Telle était la sagesse acceptée du point de vue soviétique, lequel bénéficiait encore de nombre d'approbations tacites en Occident, États-Unis compris, pour ne pas parler de la France ou de l'Angleterre.

Quant à la démocratie d'opinion à la polonaise, elle ferait rapidement exploser le parti unique, le SED, bientôt soumis au matraquage impitoyable des médias ouest-allemands. Car, bien avant tout le monde, la RDA bénéficiait déjà par ailleurs d'une *glasnost*, d'une transparence dans l'information quasi totale : on peut même dater le début de la réunification de 1983. C'est à cette date en effet que, sous la pression des enseignants et des parents d'élèves du district, les autorités de Berlin-Est acceptèrent d'installer elles-mêmes un relais hertzien à Dresde pour permettre enfin au recoin le plus à l'est de la RDA de capter les télévisions de la RFA. Jusque-là, en effet, de plus en plus nombreuses étaient les familles qui, au volant de leur Trabant, parcouraient entre cinquante et cent kilomètres pour aller regarder chez des amis complaisants de Leipzig ou de Halle les émissions télévisées retransmises de l'Ouest. L'équilibre économique de Dresde était à ce prix, qui, il est vrai, ne changeait pas grand-chose au rapport de force global, entre informations de l'Ouest et propagande de l'Est. Même rendues un peu plus attractives, les télévisions d'Allemagne de l'Est étaient, chaque jour, écrasées par les deux grandes chaînes publiques de la République fédérale ZDF et ARD. Ainsi le citoyen d'Allemagne de l'Est était-il sans doute l'un des mieux informés au monde. Cela explique aussi pourquoi des mouvements d'opposition sur le modèle de la Charte 77 en Tchécoslovaquie étaient, somme toute, moins nécessaires au regard des risques inutiles auxquels il fallait s'exposer.

Pouvait-on au moins flatter le nationalisme est-allemand proprement dit? Ulbricht[1], encore au tout début des années 1950, avait tenté vainement d'obtenir de Moscou le retour à la RDA de Stettin (en polonais Szczecin), le véritable avant-port de Berlin sur la Baltique, qui était situé sur la rive gauche de l'Oder, théoriquement laissée à l'Allemagne aux termes de la capitulation de 1945. Après avoir étudié l'affaire, Staline finit par opposer une fin de non-recevoir à Ulbricht, et le gouvernement de Varsovie décida bientôt de rendre son occupation de la ville irréversible en faisant du port le véritable fief de ses organisations de renseignements militaires et une sorte de base navale avancée de la marine soviétique. Avec l'opinion polonaise encore effervescente vers 1948-1950 et Berlin-Est apparemment calme, l'Union soviétique avait à ce moment-là pour priorité d'ancrer le nationalisme polonais à l'est.

1. Walter Ulbricht (1893-1973), homme politique et président du Conseil d'État de la RDA.

Non, décidément, pour la RDA, il n'y avait aucune concession possible que Moscou pût accorder, comme, pour la France vis-à-vis de l'Algérie en 1954, il ne pouvait être question de remettre en cause le statut départemental. Et les méfiances et les rancœurs nationalistes dans toute l'Europe, qui permettaient de cultiver subtilement une germanophobie de façade, interdisaient de toutes les manières à l'Allemagne de l'Ouest d'cxploiter son avantage démocratique, économique et culturel au-delà de certaines limites. Chacun se souvient ici du célèbre mot de Mauriac sur l'Allemagne qu'il aimait tellement qu'il pût se réjouir qu'il y en eût à présent deux. Beaucoup de Français plaignaient sincèrement Polonais et Roumains, mais se réjouissaient sous cape du « socialisme » infligé à une partie de l'Allemagne. Il y eut aussi à cette modération de Bonn une autre raison qu'on pourrait ici qualifier de « syndrome du pont de la rivière Kwaï ».

LE « PONT DE LA RIVIÈRE KWAÏ » DE LA SOCIAL-DEMOCRATIE ALLEMANDE

Tout comme le colonel britannique incarné par Alec Guinness dans le célèbre film de David Lean, la social-démocratie allemande, avec Moscou, revenait de loin. Il y eut bien, c'est vrai, une courte période de séduction en 1945-1946, où les Soviétiques envisageaient assez sérieusement le maintien de l'unité politique de l'Allemagne. Conscient de la faiblesse des communistes locaux, Staline songeait alors à favoriser une réunification du mouvement ouvrier allemand sous l'égide des sociaux-démocrates, bien plus nombreux et bien plus populaires, en zone soviétique tout autant qu'à l'ouest. Le maréchal Joukov, installé à Berlin après la victoire, flattait ainsi éhontément le chef des socialistes de la zone soviétique, Otto Grotewohl [1], ancien député au Reichstag d'avant 1933, qui avait survécu au nazisme comme pompiste sur une autoroute, soigneusement surveillé par la Gestapo. On faisait miroiter à ce médiocre une sorte de proconsulat sur toute la zone soviétique. Il faut aussi savoir que, depuis le début des années 1930, l'Union soviétique n'avait eu qu'à se féliciter de l'infiltration massive du parti travailliste britannique par des militants communistes acquis à la cause, notamment syndicaux, en Angleterre. D'ailleurs,

1. Social-démocrate assez traditionnel, élu député du SPD en Thuringe dans les années 1925-1933 de la République de Weimar, Otto Grotewohl, très surveillé par la Gestapo, survécut comme pompiste sur une autoroute. Dès juin 1945, il participe à l'assemblée de reconstitution du SPD en zone soviétique et devient un interlocuteur apprécié des militaires soviétiques. Organisateur de la fusion des socialistes et de communistes en 1946, il copréside le nouveau parti, le SED, puis devient le premier chef du gouvernement de la RDA à partir de 1949. Assez subtil et plutôt ouvert au dialogue, il sait s'incliner devant ses nouveaux camarades. Il demeure protégé par les Soviétiques, avec des pouvoirs de plus en plus réduits.

dans les années 1970 encore, il y avait à la Chambre des communes le même nombre de députés communistes qu'en France, soixante-seize, tous officiellement travaillistes, dont l'identité et les dossiers étaient déposés dans le coffre-fort du secrétaire à l'organisation du parti communiste britannique, Reuben Falber, lequel fut dûment cambriolé à son insu par le renseignement intérieur britannique, le MI5[1].

La réunification du mouvement ouvrier sous égide social-démocrate : c'est donc à un tel schéma que les Soviétiques avaient d'abord pensé, en forçant les communistes du KPD (parti communiste d'Allemagne) en zone soviétique à fusionner, en situation pourtant minoritaire, avec les sociaux-démocrates de Grotewohl, dans un parti socialiste unifié, le SED, créé dès le début de 1946. Une fusion plus large serait survenue à l'échelle de toute l'Allemagne, par la suite, si Moscou avait maintenu le cap de l'unité allemande.

Mais les syndicalistes américains et les travaillistes britanniques (authentiques, ceux-là), qui aidaient à la reconstruction du SPD dans les zones ouest, n'étaient pas nés de la dernière pluie. Ils aidèrent puissamment à la renaissance

1. Peter Wright, l'ancien officier du MI5 (la sécurité intérieure) « réfugié en Australie pour mieux défier ses anciens collègues », avait fait scandale sous Mme Thatcher en accusant son service d'infiltration soviétique. Au passage, il lâchait aussi quelques perles, dont cette dernière à laquelle je fais allusion.

d'un parti social-démocrate véritablement indépendant à l'ouest. Les cadres sociaux-démocrates de l'Ouest qui menèrent cette tâche à bien étaient d'ailleurs soit sortis des camps de concentration (Kurt Schumacher[1], leur leader, ou encore Egon Franke[2] et ses amis des « camps des marais », en Basse-Saxe), soit revenus de divers exils... Erich Ollenhauer[3], l'éphémère successeur de Schumacher, ou Philip Rosenthal[4], d'Angleterre ; Ernst Reuter[5], le bourgmestre de Berlin-Ouest, de Tur-

---

1. Kurt Schumacher, député de la République de Weimar, arrêté par les nazis et déporté à Buchenwald où il fut amputé d'un bras, suite à un accident. Président du SPD à partir de 1945 en zone américaine, puis en RFA jusqu'à son décès à la fin des années 1950. Neutraliste convaincu.

2. Egon Franke, militant clandestin du SPD à Hanovre, déporté dans les camps de travail des marais. Placé par les Britanniques à la tête de la social-démocratie en Basse-Saxe. Très populaire, mais aussi très anticommuniste, il doit à passer la main à Gerhard Schröder, à la fin des années 1970, avec ses amis de déportation surnommés le clan des « travailleurs des canaux » (*Kanälarbeiter*).

3. Erich Ollenhauer, permanent du SPD sous Weimar, chef du bureau du Parti en exil à Londres de 1935 à 1945, secrétaire général du Parti puis successeur de Schumacher, il laisse la place à Willy Brandt après l'insuccès électoral de 1958.

4. Héritier des porcelaines de Saxe de Meissen, juif spolié par les nazis, Philip Rosenthal s'engage en 1939 dans la Légion étrangère, puis en 1940 dans les services secrets britanniques, le SOE. Très proche ami de Brandt, il fait beaucoup pour assurer le soutien des Anglo-Saxons à son ami. Député au Bundestag.

5. Dirigeant des prisonniers allemands de Russie ralliés au bolchévisme et ami personnel de Lénine, Ernst Reuter dirige un an (1922) le parti communiste allemand, avant de rejoindre la social-démocratie, en dénonçant les rêves et les utopies sanguinaires de ses anciens camarades. Exilé en Turquie avec sa famille, à partir

quie le jeune Willy Brandt, de Norvège ; et son éternel rival Herbert Wehner[1], ancien dirigeant communiste rallié à la social-démocratie pendant la guerre, de Suède. Aucun d'entre eux ne voulait collaborer avec des communistes qu'ils avaient vu combattre contre leur parti férocement dans les dernières années de la république de Weimar avant l'arrivée de Hitler au pouvoir. Mieux, ce sont les derniers noyaux communistes importants à l'ouest, celui de Brême en particulier, dont le chef Adolf Ehlers[2] s'était déjà opposé à Staline à la fin des années 1920, qui se rallièrent les premiers assez vite à la démocratie de la RFA et plus spécifiquement au parti social-démocrate.

---

de 1933, où il conseille le gouvernement d'Atatürk, il devient maire de Berlin-Ouest en 1946 et il lui incombera de faire face au pouvoir militaire soviétique. L'un des grands protecteurs de Willy Brandt.

1. D'abord militant anarchiste puis communiste stalinien, Herbert Wehner est exilé en Union soviétique dans les années 1930 où il dénonce certains de ses camarades pendant les purges. Chef du bureau du KPD en Suède pendant la guerre, il claque la porte et rejoint la social-démocratie en 1943. Inamovible président du groupe parlementaire, il passe longtemps pour un réformiste intransigeant avant de revenir à une sorte de nostalgie communisante à la fin de sa carrière. Il sera relevé, pour son grand embarras, que son premier adjoint, le député Wiegand, était un agent du HVA de Mischa Wolf.

2. Adolf Ehlers, militant ouvrier de Brême, secrétaire local du parti communiste, expulsé en 1931 pour opposition à la politique de Staline. Emprisonné sous le nazisme, il revient au KPD en 1945, et sera son député le mieux élu, jusqu'à sa nouvelle expulsion de 1947 pour « réformisme ». Il rejoint, avec tous ses camarades, le SPD après cette date.

À Berlin, c'est le nouveau maire Ernst Reuter, ami personnel de Lénine, éphémère secrétaire général du parti communiste en 1920, puis député social-démocrate de Berlin sous Weimar et conseiller personnel de Kemal Atatürk pendant ses années d'exil à Ankara, qui incarnera la résistance de toute une ville au blocus instauré par l'armée soviétique en 1947-1948. Son jeune successeur Willy Brandt avait, lui, servi dans l'armée norvégienne, participé à la résistance antiallemande, essentiellement depuis la Suède, et travaillé la main dans la main avec les services secrets britanniques, pendant et après la guerre. C'est peu de dire que l'Union soviétique tenait ces hommes pour des ennemis, elle qui avait espéré tirer les marrons du feu d'une unification socialiste dans une Allemagne elle-même unifiée et potentiellement soumise. La naissance de la RDA fut ainsi pour Staline une position de repli minimaliste consécutive à un grand échec politique, souhaitée tout particulièrement par son armée qui voyait surtout les avantages militaires stratégiques d'une zone soviétique rendue étanche aux influences militaires de l'Occident. En somme, en raison d'une défaite politique en rase campagne, le second choix d'une sécurité militaire minimale commença à prévaloir.

Mais la décomposition rapide du parti communiste en zone ouest – il finit par y être interdit de 1956 à 1968 – et les tendances démocratiques persistantes d'un SED, le parti dit « socialiste unifié » de la zone est, dont la majorité des adhérents, jugée « instable », provenait encore de la social-démocratie, provoquaient une véritable colère hystérique chez Staline comme chez ses relais locaux, tel Walter Ulbricht, réveillant chez les vieux communistes d'avant 1933 les blessures sectaires mal cicatrisées de la fin de la république de Weimar. À cette époque, on s'en souvient, les communistes assimilaient la social-démocratie à une forme spécifique de fascisme, le « social-fascisme », et n'hésitaient pas à s'affronter physiquement dans la rue avec ces frères ennemis auxquels il leur arrivait de préférer les nazis.

Conscient de cette déconfiture idéologique communiste, qui se transformera très vite en reprise en main très répressive à l'est, Kurt Schumacher, le président du SPD de l'Ouest, voulait pourtant rééquilibrer l'image trop pro-américaine de son parti, en poursuivant une ligne de désarmement intégral de l'Allemagne et de stricte neutralité entre les blocs. Cette stratégie pacifiste mettait ainsi la gauche démocratique en porte-à-faux avec la dynamique nécessairement anticommuniste du gouvernement conservateur de Bonn, non sans l'irritation contenue des sociaux-démocrates de Berlin-Ouest, Ernst Reuter, Otto Suhr ou Willy Brandt, qui savaient pertinemment que le pont aérien américain et l'OTAN les avaient préservés du pire pendant l'année du blocus (1947-1948).

Il n'importe : dans le climat de paranoïa

accentuée de ces débuts de guerre froide, Staline et Ulbricht en étaient venus à considérer l'« apparent » neutralisme de Schumacher comme l'arme de propagande la plus redoutable, la plus élaborée, voulue par les Américains eux-mêmes pour miner d'emblée l'autorité de la RDA naissante en faisant miroiter l'existence factice d'une troisième voie. Il suffit pourtant de jeter un regard furtif sur les Mémoires de l'ancien secrétaire d'État de Truman, Dean Acheson [1], pour constater que Washington détestait activement le neutralisme indifférent aux deux blocs de Schumacher, et craignait surtout que celui-ci ne fasse tache d'huile sur la social-démocratie scandinave et, plus grave encore, sur la SFIO française, pièce maîtresse de la IVe République atlantiste. La guerre froide devenait par ailleurs de plus en plus chaude : formation par le SPD à titre de compensation envers les Occidentaux d'un réseau clandestin en zone soviétique, avec l'aide des services britanniques et américains, l'« Ostbüro », dont les militants finirent le plus souvent arrêtés et incarcérés à l'Est pour de longues années, enlèvement, qui tournera mal, d'un ami de jeunesse de Willy Brandt en plein Berlin, les escarmouches n'étaient pas belles à voir, tout comme Alec Guinness avait été jeté au début du *Pont de*

1. Dean Acheson, *Present at the Creation, My Years in the State Department*, 1969.

la rivière Kwaï dans un cul-de-basse-fosse par son geôlier japonais.

Et puis, un beau jour, ces mêmes geôliers japonais, humiliés dans leur tréfonds par la stoïque résistance de leurs prisonniers britanniques, devaient, on le sait, changer de tactique, libérer Alec Guinness et en faire leur interlocuteur privilégié. Si déplaisante pour l'ego japonais qu'eût été cette solution de réserve, elle devint indispensable dans le film comme elle le devint *mutatis mutandis* dans la réalité allemande, avec la même humiliation initiale des éléments soviétiques et est-allemands les plus sectaires. Elle allait pourtant en définitive s'avérer tout à fait payante – mais à terme – pour Moscou. La social-démocratie allemande, pour avoir vaillamment résisté à Staline et encore à Khrouchtchev jusqu'à l'édification du Mur en 1961 sous le drapeau de la démocratie libérale la plus intransigeante, devenait peu à peu l'otage, aveuglé par sa nouvelle importance, du pouvoir soviétique. Le « syndrome du pont de la rivière Kwaï » allait battre enfin son plein, alors que le dialogue s'engageait entre Bonn et Moscou deux ans après la construction du Mur, en 1963. Mais avant d'en venir là, il fallut encore en passer par plusieurs vicissitudes non négligeables.

Nous avons déjà évoqué la note de Staline de 1952, dont la reprise et l'amplification par Beria, juste après la mort du tyran, dénotent le caractère substantiel et stratégique de l'offre, même si sa proclamation explicite n'était pas dénuée d'arrière-pensées tactiques. Les émeutes ouvrières de Berlin-Est en 1953, commencées bien symboliquement sur le chantier de la Stalin-Allee, eurent raison de l'ouverture de Moscou, et de Beria lui-même, quinze jours plus tard, et dans la foulée des deux réformateurs « guébistes » Zaisser et Herrnstadt, protégés par Beria. Mais, dès 1954, Khrouchtchev, qui avait refusé de donner à Ulbricht, qui la réclamait déjà, la tête du chef de l'espionnage est-allemand Mischa Wolf, rouvrait peu à peu le dossier des relations interallemandes et reconnaissait même sans réciprocité en Europe de l'Est, la RFA. La RFA de l'époque, en effet, au nom de la « doctrine Hallstein », ne reconnaissait diplomatiquement aucun État qui entretenait des relations officielles avec la RDA. L'Union soviétique demeura la seule exception à partir de 1958. Dans l'acte d'accusation politique qui préside à sa destitution de 1964, Mikhaïl Souslov évoque encore des ouvertures opportunistes de Khrouchtchev à l'Allemagne fédérale, entreprises par le tumultueux et confus réformateur, surtout après la crise de Cuba de 1962, qui avait sérieusement calmé son agressivité.

L'*OSTPOLITIK* SEMBLE BÉTONNER LE MUR À JAMAIS

L'irréparable semblait désormais acquis à Bonn : contre beaucoup de militants qui, tel le

Hambourgeois Helmut Schmidt [1], avaient encore appelé à des actions de masse très directes contre le réarmement en 1955, le jeune bourgmestre de Berlin-Ouest Willy Brandt avait commencé à accepter la réalité irréversible de l'OTAN, gage de l'entrée à terme du SPD dans un gouvernement de la RFA. Le congrès de Bad-Godesberg de 1959 est reconnu aujourd'hui comme un grand tournant politique principalement pour l'abandon par la social-démocratie de sa référence au marxisme. À l'époque, il l'était bien davantage encore pour son acceptation sans états d'âme de l'alliance américaine et par le constat d'une réunification impossible dans l'immédiat. Deux ans plus tard, et malgré les réticences initiales de Khrouchtchev, c'est, on l'a vu, l'édification du mur de Berlin, véritable bouée de sauvetage répressive pour un régime communiste voué à la lente asphyxie démographique par l'existence d'une trouée béante, sa capitale de Berlin-Est. De là, chaque citoyen pouvait prendre la tangente en achetant un simple ticket de métro à la station de Friedrichstrasse, à condition toutefois de laisser derrière soi la totalité de ses

1. Petit-fils caché d'un grand armateur juif, Helmut Schmidt rejoint le parti social-démocrate SPD dès 1946. Après avoir présidé les Étudiants socialistes (SED) et connu sa période gauchisante où il s'opposait très fort au réarmement de l'Allemagne, Helmut Schmidt, patron de la social-démocratie hambourgeoise sera ministre de Willy Brandt, puis son successeur de 1974 à 1982, à l'apogée de la prospérité allemande.

pauvres biens, tout comme le faisaient les juifs au début du régime nazi, quand on les encourageait encore à émigrer. Le « Mur de la honte » semblait initialement devoir séparer définitivement les deux Allemagnes, et mettre fin *ipso facto* à tout dialogue entre la gauche social-démocrate de l'Ouest et le régime communiste de l'Est. Passé le temps des traumatismes, il n'en sera pourtant rien.

En 1966, l'Union chrétienne-démocrate conservatrice, la CDU, se voit contrainte après une sévère défaite électorale de pactiser avec son adversaire social-démocrate, dont Brandt, devenu son leader incontesté, a considérablement modéré les vues. À la surprise générale, Willy Brandt, dont on attendait que, devenu vice-chancelier du chrétien-démocrate Kurt Georg Kiesinger[1], il assurât la charge d'un grand ministère à vocation sociale, demande au contraire, et obtient, le ministère des Affaires étrangères. Le « pont de la rivière Kwaï » commence à s'édifier pour de bon.

Trois ans plus tard, le SPD l'emporte clairement et nettement sur la CDU, et Willy Brandt forme avec le parti libéral FDP, basculé pour la

1. Kurt Georg Kiesinger, l'un des lieutenants appréciés d'Adenauer, avait, malheureusement pour lui, adhéré au parti nazi avant la guerre, en tant que jeune avocat. Désigné comme chancelier du gouvernement de coalition avec le SPD en 1966, Kiesinger fut contraint à la défensive, surtout après qu'il eût été giflé publiquement par la jeune Beate Klarsfeld, alors militante du parti communiste d'Allemagne de l'Ouest.

circonstance au centre gauche, un gouvernement faiblement majoritaire mais uni dans une même stratégie innovatrice, l'« *Ostpolitik* », l'ouverture à l'est. Entendons-nous bien : l'*Ostpolitik* de Willy Brandt, qui ne s'imposera pas sans un important rassemblement militant du peuple de gauche, n'a au départ rien d'une capitulation en rase campagne de la RFA devant la RDA. C'est même en apparence tout le contraire. Selon les termes de leurs accords, les deux Allemagnes se reconnaissent mutuellement, et entrent, bras dessus bras dessous à l'ONU, mais les communications postales et téléphoniques sont totalement rétablies (sans doute un milliard de lettres et de colis en provenance de RFA distribués entre 1972 et 1989), les Allemands de l'Est peuvent voyager à l'ouest lorsqu'ils atteignent l'âge de la retraite, même s'ils doivent le faire seulement un par un. Mais la RFA peut enfin se débarrasser de l'encombrante doctrine Hallstein qui lui imposait une absence diplomatique avec toute l'Europe de l'Est – Union soviétique exceptée. C'est ainsi que Willy Brandt peut se rendre à Varsovie, où il capte l'attention de la Terre entière en s'agenouillant avec une merveilleuse simplicité sur l'emplacement de l'Umschlagplatz (lieu de rassemblement dans le ghetto de Varsovie pour la déportation), lui, le résistant antinazi de la toute première heure. Et même, malgré les protestations de Berlin-Est, Bonn n'abandonnera en rien à l'objectif inscrit dans sa loi fondamentale : la réunification [1]. Seulement, l'Allemagne de l'Ouest renonce définitivement et sans aucune restriction mentale à toute tentative de modifier les frontières de l'Europe par la force, directe ou même implicite. Cela allait sans dire pour Bonn, mais encore mieux en le disant pour ses nouveaux partenaires de l'Est, et satisfait la nouvelle aspiration soviétique au *statu quo* intégral. La RFA de son côté est définitivement lavée de l'épithète infamante de « revanchiste ».

Et les bénéfices politiques immédiats pour Bonn sont bien là, tangibles. Lorsque le chancelier fait sa première visite officielle à l'est, où les autorités se sont bien gardées de l'accueillir à Berlin, il est néanmoins le témoin d'une véritable émeute de joie de la population qui, dans la petite cité goethéenne d'Erfurt, renverse les barrières pour crier à perdre haleine : « Willy ! » Pourtant, à ce moment de triomphe apparent de la social-démocratie et de l'*Ostpolitik*, quelque chose de très inquiétant est en train de se mettre en place.

Tout d'abord, la social-démocratie allemande devient vite très consciente qu'elle doit son suc-

1. Un tribunal spécifique continuera ainsi jusqu'à 1989 à collationner tous les actes de violence physique ou de spoliation matérielle commis par les autorités de la RDA sur son territoire pour des poursuites ultérieures à cette époque bien improbables. Ces dossiers serviront pourtant de base à de nombreuses inculpations de lampistes tout comme d'Erich Honecker ou de Mischa Wolf, après la chute du Mur.

cès politique unanimement salué aux maîtres du Kremlin, pas à ceux de la RDA. Dès l'arrivée d'Andropov à la tête du KGB en 1967, le ton avait commencé à changer à Moscou : plus question d'invoquer à tout propos le « revanchisme de Bonn ». Après la fin de la crise tchécoslovaque vers 1969, qui correspond exactement dans le temps à l'accès à la chancellerie de Brandt, c'est Moscou qui propose l'ouverture, et d'abord en renvoyant à Bonn comme ambassadeur le général du KGB Semionov, ancien conseiller principal de l'administration soviétique en Allemagne de l'Est après la guerre, et qui fut impliqué jusqu'au cou dans la tentative Beria-Zaisser de « réunification-neutralisation » de 1953, qu'il paya, du reste, d'une assez longue disgrâce, à Moscou.

AVEC HONECKER, LE CERCLE SE REFERME

Bientôt, la percée diplomatique se fait et entraîne chez le vieil Ulbricht les plus expresses réserves. Cela, comme accessoirement le petit jeu, déjà, de Berlin-Est avec la Chine de Mao que la RDA « se refusait à démoniser » après les incidents sanglants survenus sur la frontière soviétique de l'Oussouri à la même époque et dix-huit ans avant le nouveau rapprochement consécutif au massacre de Tien Anmen, scella enfin le sort du stalinien sans doute le plus borné de tout le mouvement communiste. Walter Ulbricht est enfin contraint à la démission. Mais, pour ne pas tout bouleverser, Moscou va chercher dans la direction est-allemande un apparatchik dogmatique capable de tenir en main la RDA sans aucune faiblesse, sans pour autant s'immiscer dangereusement dans sa nouvelle idylle avec l'Allemagne de l'Ouest de Willy Brandt. Cet homme, ce sera Erich Honecker[1].

Pragmatique et originaire de l'Allemagne de l'Ouest, il est même sarrois, presque à demi français. On frémit à l'idée que si le général de Gaulle était parvenu à ses fins en 1946 et avait pu annexer à la France ce bassin charbonnier limitrophe, Honecker serait peut-être devenu, avec la bénédiction soviétique, l'adjoint ou l'*alter ego* de Georges Marchais, au PCF. Mais chassons bien vite ce cauchemar abracadabrant, bien qu'un autre frontalier, Franz Dahlem, ait été un dirigeant important à Berlin-Est, quand son propre frère était resté communiste français et maire d'Algrange, en Moselle, à deux pas de la Sarre...

1. Ouvrier couvreur né en Saxe à quelques kilomètres de la France, Erich Honecker est prisonnier politique dans l'Allemagne nazie de 1935 à 1945. Responsable du Parti pour les questions de jeunesse puis de sécurité et de défense, il dirigera le SED et la RDA jusqu'en octobre 1989. Arrêté puis amnistié après la réunification, Honecker finira sa vie auprès de sa fille à Santiago du Chili, assez vieux pour avoir vu l'effondrement complet de ses conceptions du monde.

Toujours est-il que à vingt-quatre ans, comme chef des Jeunesses communistes encore légales en Sarre, territoire détaché de l'Allemagne en 1919, Honecker voyage clandestinement pour le compte du KPD dans le Reich nazifié. Il est arrêté par la Gestapo en 1935 et ne sort de prison que dix ans plus tard, en ayant tout de même échappé à Buchenwald, ce qui suppose une certaine coopération avec ses interrogateurs. En 1945, sa prison est bombardée par l'aviation alliée et il s'évade, mais quelques jours seulement : la vie de liberté dans l'Allemagne de l'hiver 1945 lui semble par trop précaire, et il préférera se reconstituer prisonnier en attendant sa libération quelques mois plus tard par l'Armée rouge. Excellente manifestation de discipline communiste, qui ne pouvait que convenir à Moscou, où l'on n'apprécie pas toujours l'esprit d'initiative à sa juste mesure.

Ce héros rétréci au lavage ne tarde évidemment pas à trouver sa place dans l'appareil. Les occupants soviétiques aiment bien aussi, parfois, ce genre de faux durs à la biographie vulnérable qui n'avaient pas l'idée de leur tenir tête au nom de leur guerre d'Espagne, comme Zaisser ou Dahlem, ou de leur action dans les camps de déportation. C'est ainsi que, après un passage à l'école du KGB à Moscou et quelques rudiments de russe, Honecker devient chargé, au secrétariat du Parti, du contrôle évidemment sensible de l'armée et des organes de sécurité, la NVA et la

Stasi [1]. Lorsqu'il se déclare, contre Ulbricht, fidèle à la ligne de Moscou et à son chef direct qui n'est autre que Youri Andropov, l'affaire est conclue. Honecker ignore bien sûr qu'il sera en fin de compte tout juste vingt ans plus tard destitué par le Moscou de Gorbatchev, héritier ici de la politique véritable d'Andropov, presque exactement dans les mêmes conditions que son malheureux prédécesseur Ulbricht.

Mais, pour l'instant, c'est l'idylle : nous sommes en ce début des années 1970 à l'apogée du développement économique de l'Allemagne de l'Ouest de l'après-guerre, qui utilise ses ressources financières considérables pour acheter la bonne volonté de ses nouveaux partenaires à l'est, Moscou, Varsovie et Berlin-Est. En Union soviétique, le climat est là aussi encore à l'optimisme économique, et aussi politique. Vaincus au Vietnam, Nixon et Kissinger ont besoin de garantir une certaine détente avec Moscou et, pour ce faire, valident sans la souhaiter vraiment l'ouverture à l'est de Willy Brandt. Et Honecker ne fait pas parler de lui et introduit calmement à l'Est les prodromes d'une société de consommation *low cost* dont certains éprouvent encore la masochiste nostalgie ; les voitures-jouets Trabant et le vin rouge pétillant Rotkäpchen en furent les pittoresques emblèmes.

Pourtant, dans ce ciel particulièrement serein,

---

1. En allemand, respectivement *Nationalvolksarmee* : Armée nationale populaire, et *Straatssicherheit* : sécurité de l'État.

un gros orage va se déclencher : la découverte fin 1973 que le secrétaire politique de Willy Brandt lui-même, Günter Guillaume, est, en réalité, un espion de l'Est. Ce dernier est le fils du médecin de gauche de Lübeck qui avait soigné les blessures du futur chancelier, après son terrible passage à tabac par les SA fin 1931. Devenu communiste après la guerre, le docteur Guillaume s'était installé à Berlin-Est, et son fils, militant communiste dévoué, était bientôt repéré par Mischa Wolf, qui devait l'envoyer en mission à Berlin-Ouest avec une seule cible : Brandt. Posant au réfugié politique ayant fui la RDA par idéologie social-démocrate, Günter Guillaume éveille évidemment chez le maire de Berlin-Ouest et leader du SPD des sentiments paternels pour le jeune homme et filiaux pour son père qui se traduisent par l'élévation de Guillaume au rang de secrétaire particulier. L'affaire durera plus de quinze ans et se poursuivra de la direction du parti à Bonn à la chancellerie de la République après 1969. Malgré la parfaite innocence de Willy Brandt, la découverte de Guillaume par les services de sécurité lui interdit de continuer son action. L'ancien pacifiste ardent Helmut Schmidt, devenu en 1969 un excellent ministre de la Défense, puis un sagace ministre des Finances, succède à Brandt et donnera bien vite l'image d'un homme d'État de grand style, mais bien plus tourné vers la France giscardienne, et plus généralement l'Occident, que ne l'était un Brandt fasciné par sa politique à l'est.

À Moscou, où les détails opérationnels de l'affaire Guillaume n'étaient connus que de quelques personnes, la chute de Brandt est accueillie avec colère. Heureusement, Andropov sait la tourner vers les meilleures cibles : il impute à juste titre le feu vert pour l'infiltration de Guillaume au plus haut niveau à son principal prédécesseur, le néostalinien Boris Chelepine – président du KGB de 1959 à 1965 –, qui est chassé ignominieusement du Politburo, où il ne s'occupait déjà plus que des très inexistants syndicats soviétiques. Brejnev réitère alors son attachement à l'alliance avec la social-démocratie allemande, et, peu à peu, la situation s'améliore, et même de plus en plus nettement, à Bonn. Brillant technocrate, Schmidt a dû en effet abandonner les rênes du parti à un Brandt qui n'avait pas démérité. Amer, ce dernier, dans sa soif de revanche, ouvre grand les portes de la contestation à une nouvelle génération de jeunes sociaux-démocrates influencés par le gauchisme et l'antiaméricanisme, consécutifs à la guerre du Vietnam.

UNE NOUVELLE GÉNÉRATION COMMUNISANTE À LA TÊTE DE LA SOCIAL-DÉMOCRATIE

En émergent deux fortes personnalités, toutes deux aimantées par la même fascination de l'Est : Oskar Lafontaine et Gerhard Schröder. Le premier des deux, Lafontaine, sarrois, d'éducation catholique assez stricte, entamera incontinent des relations personnelles fortes avec son « compatriote » Honecker. Se réclamant parfois de l'« eurocommunisme », Lafontaine, qui s'est toujours en réalité placé à l'extrême gauche du SPD, organisera lors de la première visite de Honecker à l'Ouest à la fin des années 1970 de véritables et indécentes célébrations, avec chœurs des mineurs sarrois et cadeaux folkloriques. « *Und der Erich hat geweint* » (« Et Erich a fondu en larmes »), me dira un jour, le visage illuminé, l'un de ses affidés locaux. Toujours en pointe dans la dénonciation des États-Unis lors de la « bataille des euromissiles » du début des années 1980, où il s'affirme chaque jour davantage comme l'« homme fort » de la social-démocratie dans l'opposition, Lafontaine, le ministre-président de la Sarre, sait aussi se faire aimer à l'est. Les minutes des entretiens avec Honecker retrouvées après la chute du Mur le voient ainsi se laisser tancer comme un gamin par « Erich », pour les activités, hélas fort isolées, du seul député social-démocrate qui soutient un tant soit peu les démocrates polonais de Solidarnosc, Gert Weisskirchen. « Mais qui est Weisskirchen ? demande impromptu Honecker. – Une nullité », lui répondra son interlocuteur de l'Ouest, sans gêne aucune.

Il est vrai que les Lafontaine et les Schröder font alors tout ce qu'il faut dans l'Internationale socialiste pour que les syndicalistes polonais demeurent isolés, et le cap de l'*Ostpolitik* maintenu au bénéfice de Moscou. En 1989, Oskar Lafontaine est devenu le leader incontesté du parti social-démocrate, et beaucoup attendent de lui – y compris, à l'Élysée, de nombreux proches de François Mitterrand, dont Jean-Louis Bianco et Roland Dumas – une grande initiative de paix avec Gorbatchev, qui déboucherait sur une Europe de l'Ouest débarrassée de la tutelle américaine. D'aucuns voient alors dans les élections ouest-allemandes prévues pour 1990 le moment de l'alternance, imposée à un Helmut Kohl fatigué par huit ans de pouvoir sur la brèche. Un peu différent de son rival, et plus habile dans ses formulations, Gerhard Schröder a pris le pouvoir aux Jeunesses socialistes (le Juso), lui aussi avec l'assentiment initial de Willy Brandt mais contre la gauche social-démocrate traditionnelle. Proche des idées de la CFDT française, Schröder s'appuie depuis son Hanovre natal sur un courant communisant qui n'a cessé de prendre de l'ampleur à l'intérieur des Jeunesses socialistes. Celui-ci s'intitule « Stamokap », initiales allemandes pour « capitalisme monopoliste d'État », terminologie empruntée initialement à Lénine lui-même. Pour simplifier une de ces querelles byzantines dont l'extrême gauche marxiste avait le secret, disons que les tenants du « capitalisme monopoliste d'État » dans le mouvement communiste, en Union soviétique comme en France, voyaient dans le développement le plus moderne du capitalisme les prémices d'un ordre déjà socialiste en puissance (planification, nationalisations, politiques macroéconomiques redistributives). Il en découle l'acceptation de voies pacifiques pour instaurer le socialisme qui n'est plus que l'achèvement de ce capitalisme d'État, avec la mobilisation de majorités électorales. Les communistes du SED d'Allemagne de l'Est et leurs pseudopodes d'Allemagne de l'Ouest (DKP et SEW de Berlin-Ouest) récusent une telle approche qui leur semble dangereusement réformiste. On peut donc considérer les « Stamokap » du Juso soit comme une bouteille à moitié pleine, soit comme une bouteille à moitié vide : Schröder et ses amis défendent un réformisme marxiste de gauche, mais dans le même temps, sans s'identifier à l'Allemagne d'en face et à ses conceptions frustes et sectaires du capitalisme moderne (ce que ferait plus facilement Lafontaine avec ses prosternations de circonstance face à Honecker), ils inscrivent ce réformisme dans une tradition de pensée communiste plus ouverte certes, mais non social-démocrate. De fait, la distillation s'opérera assez vite : Brandt sera contraint en 1978 de destituer autoritairement la direction du Juso et d'exclure du parti le chef des « stamokapistes », l'avocat Klaus Uwe Benneter[1]. Mais Schröder, lui, se soumettra, rentrera dans le rang et se fera oublier quelque temps en reprenant en main le parti social-démocrate dans sa région natale de Basse-Saxe. Ce n'est qu'après sa victoire de 1997 aux élections générales au Bundestag qu'il fera réintégrer son ami Benneter dans le parti.

Il y a une étrangeté dans toute cette histoire de la gauche social-démocrate des années 1970, qui, comme partout en Europe, furent des années de trouble et de gestation. Mais comme l'écrit souvent Hegel, la vérité ici encore est « à la fin » : en 1998, associés et rivaux au pouvoir, Schröder et Lafontaine ne vont pas tarder à diverger, notamment sur la stratégie économique, rigoureuse chez Schröder, laxiste chez Lafontaine. Lafontaine démissionne brutalement et sans explication de son poste de ministre des Finances à l'automne 1998, et Schröder, tout au contraire, s'engage à fond dans une gestion prudente et courageuse de l'économie allemande. Lafontaine rejoint en 2007 les anciens communistes de RDA, dans un nouveau parti de gauche, Die Linke, très populiste dans son dis-

1. Compagnon et inspirateur du jeune Schröder, l'avocat Klaus Uwe Benneter dirige les Jusos sur une ligne ouvertement communisante avec laquelle Schröder se désolidarisera *in extremis*. Aujourd'hui, Benneter, réintégré au SPD, défend toujours son ami Schröder.

cours manifeste. Schröder préfère en grand seigneur se réfugier chez Poutine après sa défaite électorale. Il y devient l'un des hommes les plus influents de Gazprom, le vaisseau amiral russe des hydrocarbures. Il y a, dans ces deux destins croisés, comme la projection sur une lampe magique, des unions contradictoires à l'œuvre à l'est. Lafontaine a cru dur comme fer à la RDA de Honecker, et se retrouve pour finir depuis 2005, en étroite association avec ses héritiers néocommunistes du PDS, au moins pour un temps. Ce sont d'ailleurs sans doute certaines preuves de sa trop forte collusion avec Honecker qui ont pu refaire surface, et permis à Schröder de l'éliminer en douceur dès 1998, alors que leur controverse économique ne faisait que commencer. Lafontaine, visiblement très atteint sur le plan émotionnel, annonçait initialement son souhait de se retirer entièrement de la vie politique (retrait qui fut effectif pendant deux ans).

Schröder, tout au contraire, ne croyait, dans les années 1970, déjà qu'en l'Union soviétique et se moquait comme d'une guigne de l'Allemagne de l'Est, et encore davantage de la survie de Berlin-Ouest, qu'il ne découvrit que lorsque je lui fis visiter, pour la première fois de sa vie, « l'enclave de la liberté », lors du colloque pour la libération du dissident est-allemand Rudolf Bahro, auquel nous participions tous deux en 1978. Tout se passe comme si la connaissance des thèses d'Eugène Varga[1] sur le capitalisme monopoliste d'État avait pour origine la pensée théorique de ses nouveaux amis, les réformateurs soviétiques de l'époque, ceux-là mêmes qui sont passés aujourd'hui des joutes théoriques à la vie pratique, à la tête de Gazprom et de bien d'autres entreprises russes. Le dualisme Schröder/Lafontaine nous renvoie ainsi, sans aucun doute, aux deux sources divergentes de la politique allemande à l'est. La politique d'intimidation et d'inhibition de la RFA va être conçue en RDA par les dirigeants du SED dans le seul but de protéger leur Allemagne de l'impact quotidien d'une société incomparablement plus riche, mais aussi plus libre, plus créative et, pourquoi ne pas le dire, plus belle. Au contraire, la politique de rapprochement éco-

1. Communiste hongrois de la première heure et économiste de talent, Eugène Varga fut le chef de l'Institut de recherche de l'Internationale communiste, l'IMEMO (Institut des relations internationales et de l'économie mondiale), lequel existe encore à ce jour. À sa tête, il ne cessa de développer, pendant plus de quarante ans, des théories globales de la société et de l'économie mondiale, devenant avec le temps de moins en moins stalinien, de plus en plus réformateur, notamment entre 1945 et 1948. Très engagé dans le dégel, il conçoit après 1956 sa théorie du « capitalisme monopoliste d'État » qu'il considère comme le fondement économique de la possibilité du « passage pacifique au socialisme » en Occident. Il meurt à Moscou au début des années 1970, non sans avoir désavoué l'intervention militaire de 1968 contre le Printemps de Prague.

nomique et humain de l'Allemagne de l'Ouest avec l'Union soviétique a été conçue dans les milieux les plus éclairés de l'appareil soviétique, ceux-là mêmes qui déjà avec Beria avaient songé à liquider la RDA purement et simplement, qui, sous Brejnev et grâce à Andropov, ne souhaitaient plus que la victoire d'une social-démocratie allemande le plus à gauche possible, mais libérée de ses espions et de ses infiltrés de la Stasi. Honecker et Andropov, puis Gorbatchev, malgré leurs différences sur le fond, pouvaient donc communier tout un temps sur une stratégie voisine de normalisation avec la RFA et de cooptation implicite du SPD comme interlocuteur privilégié de Moscou en Allemagne. Avec la complicité parfois aveugle de Willy Brandt après sa démission de la chancellerie, cette politique avait parfaitement fonctionné au bénéfice des deux entités soviétique et est-allemande. Partis pour faire avancer la question allemande, les émules de Brandt étaient ainsi devenus peu à peu les otages, souvent même les complices involontaires de l'Est, affaiblissant au passage considérablement la cohésion de l'alliance occidentale et entraînant dans leur dérive la crédibilité gouvernementale de leur parti, après la chute du gouvernement Helmut Schmidt en pleine bataille des euromissiles. Sur ce point au moins, Moscou pouvait imaginer avoir gagné. La RDA était apparemment forte sur le plan économique, tandis que la RFA de Helmut Kohl émergeait titubante de sa victoire à la Pyrrhus dans la bataille des euromissiles de 1982-1983, avec une majorité des ouvriers et des jeunes ralliés au pacifisme de mauvais aloi de la gauche social-démocrate et des verts. Or cette coalition nouvelle – pensait-on alors au Kremlin – pouvait aussi en 1988-1989 revenir vite au pouvoir, sous la houlette d'Oskar Lafontaine, auquel Mitterrand commençait à manifester sa sympathie militante.

AMBIGUÏTÉ DE LA VICTOIRE SOVIÉTIQUE

De cette victoire apparente de l'Est naissait toutefois en réalité une terrible ambiguïté : le but de cette complexe offensive était-il de consolider sans cesse davantage une RDA forte, ou était-il à terme de la faire servir de « variable d'ajustement » à une grande politique mondiale de l'Union soviétique, dont l'aboutissement devait être le découplage des États-Unis et de l'Europe continentale ? Rien n'était encore tranché lorsque Andropov mourait en 1984, quelques semaines après que les Américains, secondés de Helmut Kohl ainsi que de François Mitterrand, furent parvenus à installer les premiers missiles *Pershing II* à la barbe des militants pacifistes ouest-allemands, drivés par la Stasi de

Mischa Wolf[1]. En réalité, l'excès même du succès de la stratégie allemande de Moscou allait bientôt faire exploser les contradictions insoutenables de la stratégie d'ensemble des Soviétiques. Mais cela est une histoire plus étrange encore que toutes celles parallèles qui nous mènent, comme dans un rêve éveillé, à la chute du Mur.

OÙ GORBATCHEV VA S'ÉLOIGNER D'ANDROPOV

Arrêtons un instant, comme dans une projection, le récit de la fin de l'empire soviétique, au moment que nous venons d'atteindre, c'est-à-dire l'apogée de Gorbatchev : celui-ci est devenu, depuis la résolution de la crise des euromissiles en 1986, avec le traité de Washington qui prévoit leur démantèlement réciproque et les prodromes de la démocratisation en Union soviétique elle-même, un homme d'une popularité inégalée dans le monde. L'universitaire améri-

1. Il s'agit ainsi d'une observation à prendre au sens littéral du terme. Wolf avait recruté le général pacifiste ouest-allemand Gerdt Bastian, dont il allait jusqu'à réécrire lui-même les grands discours en 1981-1983, et Bastian lui-même était entre-temps devenu le compagnon de l'égérie verte du mouvement pacifiste, Petra Kelly. Découvert par les archives de la Stasi dans la débâcle de 1989, Bastian se suicidait peu après en général prussien de tradition, mais non sans avoir entraîné dans sa mort la pauvre Petra Kelly qui ne demandait sans doute rien.

cain, l'étudiant chinois un peu critique, le petit cadre bulgare et tous les téléspectateurs de l'Europe occidentale ne jurent plus que par lui. La droite conservatrice occidentale semble sur la défensive, Reagan, le vieux Nixon, et même Margaret Thatcher, profondément séduite par la simplicité et l'allant de son nouvel interlocuteur, lui accordent désormais leur confiance rassurée. De l'Angola au Nicaragua, les théâtres d'opérations lointains de la guerre froide se dissolvent comme autant de ballons crevés, tandis qu'Andreï Sakharov, rentré de son exil de Nijni-Novgorod dès la Noël 1985, accorde à la nouvelle Union soviétique, celle de la *perestroïka,* le bénéfice du doute, ce qui est déjà beaucoup.

Que dire alors de la gauche européenne ? Elle est comme frappée d'éblouissement devant, une nouvelle fois, cette lueur qui se lève à l'est. Je suis alors tenu par la haute hiérarchie mitterrandiste comme beaucoup trop anticommuniste – ce qui est un comble – parce que je souligne dans mes articles dans *Libération* les difficultés de ce « moment Gorbatchev » et la maturité des crises annoncées, en Pologne et aussi, malgré l'absence assourdissante de tout mouvement de masse, en Allemagne de l'Est. La social-démocratie allemande est, elle, tout entière passée dans le camp de la *perestroïka* sans nuances. Je me souviens, là encore, de l'éternel jeune dirigeant du SPD, Karsten Voigt, un proche associé de Willy Brandt depuis son passage à la tête des Jeunesses socialistes dans les années 1960-1970, qui me racontera, extatique, qu'il venait de réussir à organiser, pour l'été 1989, des vacances amicales communes en Crimée réunissant des cadres du SPD, des cadres du parti communiste est-allemand et des cadres soviétiques. En Italie aussi, le parti communiste préparait avec la gauche démocrate-chrétienne, devenue son alliée privilégiée, sa cooptation sans cesse différée jusqu'alors au pouvoir, mais non sans l'assortir d'un véritable complot judiciaire, pour abattre son ennemi juré, le leader socialiste Bettino Craxi. Tout cela est très bien suivi par le KGB, qui vit ses derniers beaux jours, mais aussi bien, plus directement, par le binôme Édouard Chevardnadze[1], ministre des Affaires étrangères, et Anatoly Tchernaïev[2], l'ancien professeur de littérature anglaise,

1. Dirigeant du communisme géorgien depuis le milieu des années 1960, Édouard Chevardnadze s'impose comme un réformiste de terrain prudent, mais lié féodalement à Brejnev. Gorbatchev, qui ne veut pas avoir à la tête de la diplomatie soviétique un homme lié au KGB andropovnien, va chercher ce grand commis de province, à l'accent très chargé en russe, pour le faire devenir son plus proche adjoint, jusqu'à ce que la fin catastrophique de la *perestroïka* ne les brouille provisoirement en 1990. Allié à Alexandre Yakovlev, Chevardnadze incarnera l'aile la plus libérale du gorbatchevisme, prête à ouvrir la porte, faute de mieux, à Boris Eltsine. Il finit sa carrière comme Président de la Géorgie indépendante pendant dix ans (1994-2004).

2. Anatoly Tchernaïev, professeur universitaire de littérature anglaise passé analyste de la politique américaine au département international du Comité central, fut coopté à son cabinet par

devenu le directeur de cabinet de Gorbatchev pour les affaires internationales.

Parallèlement, l'inquiétude monte chez les « vieux communistes ». Après avoir espéré en 1987 encore une contre-offensive sérieuse au Politburo des opposants conservateurs, afin de rabattre quelque peu son caquet à Mikhaïl Gorbatchev, ils ont dû se résigner à former un petit noyau de résistance extérieure à l'Union soviétique sans relais significatif encore à Moscou. Ce noyau comprenait initialement le Bulgare Todor Jivkov, souffre-douleur constant d'Andropov et de ses successeurs, le Roumain Nicolae Ceausescu, alarmé à très juste titre par les retombées de la *perestroïka* dans son propre pays, l'éminent Fidel Castro, qui finira par supprimer, dans la dernière purge stalinienne de l'histoire du communisme, tous les amis militaires et policiers de Moscou en 1988 (l'affaire dite Ochoa), et quelques revenants du « stalinolithique » comme le Portugais Alvaro Cunhal ou l'Éthiopien Mengistu Hailé Mariam, qui vivent alors avec effarement le grand tournant de Moscou. Georges Marchais, qui fut sollicité par les conjurés, se refusa finalement à cet ultime baroud, et choisit plutôt de se taire (non sans, dans un des

Gorbatchev, qui voulait à ses côtés un homme jeune n'ayant pas participé aux controverses du passé, afin de le guider en matière de diplomatie internationale. Il lui restera fidèle jusqu'au bout et écrira d'importants Mémoires.

lapsus dont il avait le secret, m'avoir répondu, lors d'une émission de télévision où je lui demandais s'il soutenait vraiment Gorbatchev, qu'il avait dès son avènement beaucoup apprécié... Brejnev).

Mais Erich Honecker, poussé par ses vieux camarades les plus rétrogrades du Politburo est-allemand, finit quelque part dans l'année 1987 par franchir à son tour le Rubicon, et rejoindre ainsi le noyau disparate de la réaction néostalinienne extérieure à l'Union soviétique. C'est devant les perspectives radieuses de sa politique européenne et l'agacement lancinant que lui inspirent les menées insidieuses, et faibles pourtant, de ses adversaires staliniens, que Gorbatchev, dans le courant de 1988, décide enfin d'agir avec un grand esprit d'entreprise et de décision. Car c'est lui, et lui seul, qui sera le responsable véritable de ce Tchernobyl politique que fut sa grande offensive en Europe de l'Est de 1989, laquelle aboutit directement à la chute du Mur.

Mais résumons de manière plus synthétique les deux erreurs symétriques que commet alors Gorbatchev :

– excès de confiance et surestimation de sa position politique vis-à-vis de l'Occident. Là, Gorbatchev ne tient pas assez compte de Helmut Kohl et du patriotisme intact des Allemands de l'Ouest. Ces deux facteurs associés seront un obstacle sérieux à l'« opération Lafontaine », qui devait, dans l'idéal aboutir à la neutralisation du pays et à l'implosion de l'OTAN ;

– excès de défiance à l'égard des complots staliniens. Obsédé qu'il demeure par le destin funeste de son prédécesseur en matière de réformes, Nikita Khrouchtchev, Gorbatchev accorde trop de place à l'agitation des « satrapes » de l'empire, alors qu'il a déjà mis hors de combat à Moscou ses principaux contestataires du bureau politique, Egor Ligatchev et Lev Zaïkov.

À l'ouest pourtant, le pacifisme rouge et vert des Allemands de l'Ouest a déjà été vaincu politiquement en 1982-1983, avec la chute de Helmut Schmidt, débordé par sa base par le parti social-démocrate et contraint à la démission, ainsi que par la victoire électorale qui s'en était suivie des droites allemandes, encore vigoureusement appuyée par la France mitterrandiste. Les ouvertures tardives vers Moscou de Roland Dumas et de Jean-Louis Bianco en France, d'Oskar Lafontaine en Allemagne et d'Achille Occhetto, le nouveau chef du PCI en Italie, sont en réalité des cartes beaucoup moins fortes que Gorbatchev ne les imagine, enivré qu'il est par son authentique popularité en Europe de l'Ouest, laquelle pourtant ne se traduit pas du tout par une conversion des opinions en une ligne idéologiquement philosoviétique quelconque. À l'est, en revanche, les staliniens à la Honecker ne peuvent pourtant pas grand-chose contre la *perestroïka* qui s'intensifie chaque jour.

Les manœuvres en retour du KGB pour les déstabiliser, ordonnées par Gorbatchev, qui ébranlent partout les fondements mêmes du pouvoir communiste sont sans doute, à ce moment-là, un usage excessif de la coercition qui peut, lui aussi, s'emballer sans contrôle. À l'heure où les frontières du bloc soviétique s'ouvrent aux hommes et aux idées, rien n'aurait pu permettre de penser qu'un simple changement de la garde (Markus Wolf à Berlin-Est, Reszö Nyers [1] à Budapest, Zdenek Mlynar [2], son camarade d'études, à Prague, Ion Iliescu [3] à Bucarest

1. Reszö Nyers, ouvrier imprimeur, longtemps secrétaire du Parti à Budapest. Ce proche de Kadar défend à partir de 1967 des mesures de libéralisation économique qui rappellent trop aux Soviétiques la stratégie du ministre de l'Économie Ota Sik dans la Tchécoslovaquie de Dubcek, voisine. Nyers est ainsi désavoué et évacué en douceur du bureau politique du Parti hongrois, fin 1969. Figure symbolique de l'opposition réformatrice au sein du Parti, il est réintégré à la direction en 1988 pour encadrer un Kadar vieillissant aux côtés de son remplaçant à la tête du Parti Karoly Grosz et de son adjoint, proche des intellectuels des plus nationalistes Imre Poszgay.

2. Jeune espoir du Parti tchécoslovaque et résistant de la première heure, Zdenek Mlynar est le condisciple le plus proche de Gorbatchev, lors de leurs études à Moscou à la fin des années 1940. En 1968, Mlynar devient le conseiller le plus écouté de Dubcek. En exil à Vienne, il ne cesse de manifester son soutien à son vieil ami.

3. Fils de cheminot soviétique, longtemps patron des Jeunesses communistes, Ion Iliescu est éloigné du pouvoir par Ceausescu qui lui reproche essentiellement son opposition discrète au nouveau culte de sa personnalité. Dès 1982, Andropov l'avait déjà fait sonder pour préparer un véritable coup d'État à Bucarest.

et Petar Mladenov[1], à Sofia) suffirait à endiguer des aspirations au changement en réalité bien plus intenses, et nourries tous les jours par la *perestroïka* elle-même. Ces deux impasses faites sur Helmut Kohl et Vaclav Havel, pour faire vite, nous font comprendre comment Gorbatchev a pu ainsi se piéger lui-même. Pourtant, rétorquerait-il sans doute s'il recouvrait l'usage de la parole dont il s'est prudemment abstenu jusqu'à ce jour, je n'ai fait qu'appliquer dans ses grandes lignes le plan qu'Andropov, s'inspirant de Beria, avait tracé dès le début des années 1980 : réunifier et neutraliser l'Allemagne, puis l'Europe, en isolant les États-Unis. Erreur fondamentale : Andropov était un pessimiste actif, Gorbatchev un optimiste béat, et c'est là toute la différence qui sépare les deux hommes, les deux stratégies pourtant apparentées.

Vers 1978, alors que sa santé déclinait déjà fortement, Andropov avait voulu, peut-être une dernière fois, visiter Cuba. Comme Hemingway, il aimait particulièrement la pêche en haute mer dans les Caraïbes sur une grosse vedette de la

1. Chef incontesté de la diplomatie bulgare mais aussi général de la DS (le KGB local), Petar Mladenov avait suivi l'école du KGB à Moscou en 1956-1957 et conservait, à la différence de son chef Jivkov, la confiance des organes soviétiques. Il dirigera le renversement de Jivkov pendant l'automne 1989.

marine cubaine qu'on affrétait pour lui tout seul, et la croisière durait plusieurs jours. Il était accompagné dans ses escapades antillaises par le chef du service du renseignement extérieur cubain, lequel, quelques années plus tard, se réfugiera en France auprès de sa fiancée bordelaise, et racontera sa version de l'histoire récente. Comme il interrogeait Andropov, sur cette mer d'huile, coupée de tout lien avec le reste du monde, sur l'avenir de l'Union soviétique, le chef du KGB – sans doute insuffisamment sur ses gardes – lui avait répondu en le dévisageant gravement : « Si rien n'est fait, il n'y aura plus d'Union soviétique dans dix ans. » 1978-1988, nous y étions, même si Andropov n'était plus. Andropov pensait encore, selon le témoignage de son ancien collaborateur Charapov, qui finira ambassadeur en Bulgarie, que le blocage de l'Europe de l'Est rendait très précaire une politique d'avancée diplomatique en Europe de l'Ouest. Le grand théoricien marxiste du Komintern, l'Internationale communiste, Eugène Varga[1], n'avait-il pas prôné dans les années 1946-1947 le maintien d'une économie mixte et d'un pluralisme limité en Europe de l'Est, occupée militairement par l'Union soviétique, pour mieux garantir la présence des communistes ou de socialistes de gauche amis, dans les divers gouvernements de l'Europe de l'Ouest (France,

1. Voir la note 1, p. 78.

Italie, Belgique) ? C'est bien ce que pensait toujours Andropov. Mais il avait procédé au remplacement des équipes faillies dans un climat de repli stratégique prudent, en Hongrie dès 1957, et bien plus tard en Pologne avec l'état d'urgence de 1981 sans confondre ce processus avec les offensives de charme à l'ouest. Car voilà tout : Andropov se serait débrouillé pour ne pas prendre l'ensemble du problème sur toutes ses facettes, aussi radicalement que son successeur. Tout d'abord, il se serait épargné la difficulté particulièrement complexe d'aborder la libération de l'Europe de l'Est, alors qu'en Union soviétique même la vague démocratique gonflait chaque jour davantage, mettant tous les régimes du pacte de Varsovie, même les plus proches, comme la Pologne et la Hongrie, en véritable porte-à-faux. C'était, rappelons-le, cette brève et folle époque où les Bulgares se rassemblaient autour de la télévision pour écouter les nouvelles non censurées de Moscou, où les Roumains haletants découvraient six mois avant la chute de Ceausescu la vague nationaliste et libérale qui emportait la Moldavie soviétique sœur, qui devenait pour eux une sorte de refuge de la liberté, la nouvelle utopie roumaine, et où encore les bonzes médusés de l'Allemagne de l'Est apprenaient dans le magazine *Spoutnik*, une revue soviétique très lue, qu'en 1931-1932 le parti communiste allemand avait, dans sa haine de la social-démocratie, favorisé l'avènement de Hitler : Andropov aurait tout fait pour résoudre d'abord la crise des démocraties populaires, et ensuite seulement il aurait ouvert très prudemment le robinet des libertés en Russie, en évitant la contestation purement politique du pouvoir du parti unique.

LA MACHINE GORBATCHEV SE MET EN MARCHE

Gorbatchev au contraire, par optimisme foncier, avait voulu tout faire en même temps, parce qu'il pensait l'Union soviétique foncièrement viable, mais surtout, se sachant minoritaire dans les organes dirigeants du pays (bureau politique, Comité central du Parti et même gouvernement), il avait aussi voulu déchaîner un vaste mouvement populaire qui le protégeât de ses subordonnés, presque comme Mao en Chine, selon ses propres dires de 1987. Mais, en agissant de la sorte, Gorbatchev limitait les chances de survie de la plupart des protectorats soviétiques d'Europe (et même de la lointaine Mongolie), pour bientôt constater, effaré, que l'obtention sans combat des libertés publiques, là où la maturité politique des populations était encore faible, avait pour principal effet de ranimer des sentiments purement nationalistes en Arménie dès 1988, et par conrecoup en Azerbaïdjan, plus élémentaires et plus tolérés depuis toujours par l'appareil du Parti, à l'exception de l'Allemagne de l'Est. On sait que l'Union soviétique ne devait pas y survivre, quelque trois ans plus tard après le déclenchement de sa grande offensive réformatrice, en août 1991.

Les erreurs stratégiques majeures de Gorbatchev n'empêchaient pourtant pas le lancement de la machine encore très performante du KGB tout comme la Wehrmacht en son temps, incomparable outil militaire, avait obéi à tous les ordres du pouvoir politique, après que Hitler eut bluffé avec succès ses généraux en 1938 à Vienne, à Munich et pour finir à Prague en 1939. Et Gorbatchev, l'illusionniste, avait de la même manière bluffé les principaux cadres du KGB issus de la réforme andropovienne en leur donnant le sentiment qu'il savait où il allait, sentiment renforcé par ses véritables succès diplomatiques. Or à la tête de ce KGB se tenait à l'époque le fidèle Kryoutchkov[1], véritable exécuteur testamentaire des pensées et des conceptions de Youri Andropov. Lorsqu'il s'était emparé du pouvoir suprême fin 1982, Andropov, en effet, avait dû céder déjà quelques mois plus tôt la direction des « organes » à un demi-stalinien ukrainien, Fëdor-

1. Kryoutchkov, le plus ancien collaborateur d'Andropov, qui fut son aide de camp à Budapest en 1956, demeura le fidèle d'entre les fidèles du chef du KGB. Andropov en fit le patron du service des renseignements extérieurs, le Premier Directorat du KGB, qu'il continua à diriger avec ses deux éphémères successeurs jusqu'à ce que Gorbatchev qui en avait besoin l'appelât à la tête du KGB fin 1987.

chuk, peu éclairé pour l'essentiel, mais qui avait eu la vertu non négligeable, en tant que chef du Troisième Directorat du KGB – la redoutée sécurité militaire – de faire rentrer dans le rang les chefs militaires les plus désireux d'en découdre avec la Pologne. À l'avènement de Gorbatchev, Fëdorchuk est en douceur éloigné au profit d'un vieil associé d'Andropov, Viktor Tchebrikov[1], qui partageait avec son ancien chef une sainte horreur de la corruption brejnévienne. Mais, bien vite, l'horreur de Tchebrikov pour le laisser-aller libéral de Gorbatchev et de son influente épouse Raïssa allait dépasser tout ce qu'il pensait au départ des aspects négatifs de Brejnev, un brave type après tout, qui croyait, lui, en l'Union soviétique. Associé au deuxième secrétaire, l'antialcoolique et nationaliste étroit Egor Ligatchev[2], Tchebrikov abat son jeu pendant l'année 1987, et perd cette bataille sans appel.

1. Officier du KGB depuis la fin de la guerre, Viktor Tchebrikov sympathise assez vite avec Youri Andropov qu'il avait rencontré pour la première fois à un jury d'admission de jeunes officiers. Très moral, Tchebrikov fut le seul vice-président du KGB à refuser son concours à la clique brejnévienne lors de son offensive contre Andropov. Gorbatchev le nommera président du KGB, dès son avènement de 1985. Malgré cela, Tchebrikov ne tardera pas à exprimer ses divergences de fond et perdra son poste fin 1987.

2. Sibérien, Egor Ligatchev devient très connu pour avoir dirigé avec succès le chantier de la ville nouvelle universitaire d'Akademgorodok à côté de Novossibirsk, terminé en 1965. Secrétaire de Novossibirsk dans les années 1970 et très critique du délitement brejnévien, Ligatchev deviendra en 1987 le numéro deux du Parti aux côtés de Gorbatchev.

Les andropoviens véritables ont en effet une sainte horreur de la tonalité nationaliste russe adoptée par le groupe le plus critique de Gorbatchev. Il s'agissait en l'occurrence d'une lucidité certaine, là encore, sur la très relative solidité de cette Union soviétique qui, déjà, craquait de toutes parts, ainsi que l'avait prédit dix ans plus tôt Hélène Carrère d'Encausse. Car l'entité unifiée par Lénine et Staline vivait en fait ses dernières heures non seulement dans son empire extérieur, déjà aux trois quarts perdu, mais aussi dans son empire intérieur, en voie de désagrégation souterraine à partir des pays baltes et de l'Ukraine. Et personne sur le pont de commandement du navire ne s'en apercevait encore vraiment.

C'est ainsi que Kryoutchkov, qui dirigeait tous les services extérieurs du KGB, le Premier Directorat (aujourd'hui le SVR[1]), devient le patron de tout le KGB en 1988 en remplacement de Tchebrikov, désavoué. À ce moment-là, il est encore essentiellement loyal, mais sans enthousiasme envers Gorbatchev, notamment parce que celui-ci a été personnellement choisi par Andropov, contre plusieurs autres candidats possibles, pour assurer la succession de Brejnev, et qu'il partage avec son patron son aversion du nationalisme russe étroit. Cadre originellement venu du Parti, d'origine russe et ouvrière, Kryoutchkov était

1. Initiales russes du Service des renseignements extérieurs.

l'un de ces non-professionnels du renseignement que Khrouchtchev envoyait systématiquement dans les « organes ». Leur tâche essentielle était de noyer peu à peu dans la masse des nouveaux promus, les cadres, certes plus compétents, mais dangereux pour son pouvoir, nommés depuis 1939 sous Beria. Andropov, paradoxalement, était l'un de ces cadres très compétents, remarqués par Beria à la fin des années 1930. Pourtant, lorsque Kryoutchkov est ainsi assigné en 1955 à la résidence du KGB en Hongrie, sous les ordres d'un survivant miraculé du vieux système de Beria, celui-là, contrairement aux consignes de méfiance qu'il avait reçues, tombe dans la fascination pour son nouveau patron, Youri Andropov. Ensemble, ils font face, non sans mal, à la crise de Budapest de 1956, et à partir de là Kryoutchkov suivra comme un chien fidèle Andropov dans toutes ses promotions, pour finir à la direction du KGB à partir de 1967. Confident du chef, il connaît parfaitement les cadres et les dossiers de toute l'Europe de l'Est, dont Andropov eut plus spécifiquement la responsabilité entre 1957 et 1967 en tant que directeur du département « étranger socialiste », en réalité, la véritable tour de contrôle de l'empire, de Berlin-Est à Sofia, et même La Havane.

C'est donc Kryoutchkov qui assure la mise en œuvre du projet stratégique de Gorbatchev, en véritable chef d'état-major discipliné, sinon dévoué. Il sait déjà qui va l'appuyer : Jaruzelski en Pologne, la jeune génération communiste à Budapest, les vieux amis prosoviétiques d'Andropov à Bucarest, les principaux éléments réformateurs hostiles à Jivkov à Sofia. Reste une grande inconnue : qui exécutera l'opération la plus délicate à Berlin-Est, dans un État industriellement développé, où tout mouvement d'opposition semi-légal paraît inconcevable, et toute opposition interne à l'appareil du Parti encore balbutiante ?

Ainsi lancée à l'assaut de la RDA pour désamorcer sa réalité de plus en plus dangereuse, avant que Honecker ne la fasse exploser pour de bon, l'Union soviétique de Gorbatchev va se heurter à un obstacle bien particulier, que nous appellerons l'« exception est-allemande ».

3

Crise interne à la RDA ou crise symbolique ?

En 1945, Staline savait ce qu'il voulait faire de la Pologne : un protectorat relativement libéral sous l'égide d'un nouveau parti communiste, qui recevrait en compensation tant de territoires allemands que son orientation vers l'ouest en résulterait brisée et que l'alliance militaire avec l'Union soviétique en demeurerait indispensable.

Il savait bien ce qu'il voulait faire de la Yougoslavie, ce pays qu'avaient libéré les partisans de Tito, le fer de lance de la soviétisation de l'Europe de l'Est et le moteur d'un ensemble régional comprenant la Bulgarie, l'Albanie, la Roumanie et si possible une grande partie de la Grèce. Sur ce point, il se trompait entièrement.

Il savait même qu'il voulait créer au flanc des États turc et iranien des sécessions en Azerbaïdjan-Sud et au Kurdistan, entièrement tournées vers l'Union soviétique, de manière à « améliorer » (selon ses propres dires) sa frontière avec le Moyen-Orient.

En revanche, Staline ne savait pas encore quoi faire de sa zone d'occupation en Allemagne. Connaissant le potentiel économique et à terme militaire d'une zone ouest de l'Allemagne qui pouvait servir d'auxiliaire zélé aux Anglo-Américains, son premier instinct avait été, on l'a vu, de jouer la carte d'une Allemagne démilitarisée, unitaire et neutre, où un grand parti de gauche d'inspiration social-démocrate serait devenu la force principale. Ce parti intégrerait comme minorité agissante les communistes du KPD, et la fusion en zone soviétique des deux organisations reconstituées en un bloc unitaire le SED, dès 1946, devait être à son tour la préfiguration de la grande unité allemande, dont la finalité essentielle était de dévitaliser durablement et en douceur les ambitions américaines à l'ouest.

Il fallut à Staline bien vite déchanter : la zone occidentale devenait de manière accélérée l'embryon d'un État viable et totalement tourné vers les États-Unis. Il cherchera à constituer symétriquement une Allemagne communiste, la future RFA de Bonn en zone soviétique, et dans le même temps, par le blocus de Berlin de 1947, à faire sauter le verrou que représentait l'enclave de Berlin-Ouest. Faute d'y parvenir, il se résigne à partir du printemps 1948 à l'existence provisoire de Berlin-Ouest, en levant définitivement le blocus terrestre, et laissera, à l'intérieur de la nouvelle RDA proclamée en 1949, les mains libres à l'équipe de fidèles rassemblée autour de Walter Ulbricht. En trois ans de mesures volontaristes, voire simplement stupides, Ulbricht a fait la preuve de sa totale ineptie. Ses lieutenants, plus modérés, lui imposent peu à peu, avec les conseils éclairés de Beria, une conversion qu'il n'assumait peut-être pas de très bon cœur : le retour à une politique de réunification-neutralisation en Allemagne, laquelle est abandonnée de nouveau en juin 1953 avec l'insurrection des ouvriers du bâtiment de Berlin-Est d'une part, la liquidation de Beria à Moscou de l'autre.

Dès lors, la RDA devient presque stable dans ses frontières bétonnées, du moins en apparence, jusqu'en 1987-1988 environ et se retrouve assimilée aux autres démocraties populaires, regroupées en une association militaire – le pacte de Varsovie – sous commandement soviétique et économique, celle-là moins contraignante, – le Comecon, dont le siège est à Budapest.

Ainsi, la RDA ne ressemble à aucun autre de ses voisins. Il y a une histoire du système soviétique, des étapes parcourues dont on retrouve partout la trace archéologique, des ruptures et des enchaînements : dernier coup de frein stalinien de 1951 à 1953, dégel spectaculaire en 1956, reprise en main brejnévienne des années 1965-1970 et, surtout, brusque coup de froid après la crise tchécoslovaque de 1968 et déclin adouci par la détente de la fin des années 1970, jusqu'aux crises politiques majeures qu'ouvrent simultanément l'invasion de l'Afghanistan et les grandes grèves insurrectionnelles de la Pologne en 1979-1980. Par rapport à cette chronologie qui affecte la vie des différents peuples de l'empire soviétique partout, de Moscou à Varsovie et jusqu'à Sofia, la RDA est systématiquement décalée : calme plat en 1956, mur de Berlin en 1961 en pleine déstalinisation culturelle partout ailleurs, expansion économique et ouverture sur la RFA au milieu de la stagnation brejnévienne des années 1970... Le temps de l'Allemagne de l'Est n'appartient qu'à elle. Ou plutôt faudrait-il dire que l'Allemagne de l'Est ne connaîtrait pas de temporalité propre : ce serait un espace à part, qui changerait le moins possible, comme un bloc de béton peu dégradable. Les personnages principaux du drame, Honecker, le chef de la sécurité Mielke, Mischa Wolf, celui du renseignement, ou Willi Stoph, le Premier ministre devenu entre-temps président de l'État, sont d'ailleurs là depuis la fondation en 1949. Seul à l'ouest le président du groupe parlementaire social-démocrate, Herbert Wehner, appartient aussi – avec Willy Brandt dans une certaine mesure – à la génération des fondateurs de la RFA, mais ce n'est déjà plus le cas de Helmut Schmidt ou de Helmut Kohl.

Cette Allemagne de l'Est où les années succèdent aux années dans le pur ressassement de l'idéologie, entrecoupées de temps à autre par la défection spectaculaire de tel ou tel intellectuel, représente bel et bien une « exception allemande » dans l'édification aléatoire de l'empire soviétique. Il s'agit, niveau de vie en régulière croissance excepté, d'une exception négative. Dans la même période, l'empire libéralisé a tout de même permis à de grands cinéastes (Tarkovosky, Wajda), de grands écrivains (Soljenitsyne, Zinoviev, Kundera) et à une pléiade de « minores », philosophes, historiens, sociologues, d'éclore et de produire des œuvres souvent estimables, en bénéficiant au maximum des brises favorables de la déstalinisation, y compris à Moscou.

Pourtant, en Allemagne de l'Est, il n'adviendra rien de ce dégel : là où les cinématographies nationales connaissent un véritable essor, préparant même de grandes carrières internationales pour Polanski et Forman par exemple, respectivement à Varsovie et à Prague, il n'y aura à Berlin-Est, avec les studios de la DEFA, que de mornes films de propagande et quelques bluettes sociologiques, sans grand intérêt. Là où les écrivains tchèques réhabilitent Kafka dès 1965, le grand romancier praguois, qui est l'un des maîtres de la langue allemande moderne, demeure interdit dans le seul État socialiste qui soit aussi germanophone. Il partage ainsi ce douteux honneur avec Sigmund Freud, jamais publié jusqu'en 1989, Max Weber, le grand économiste

« bourgeois » Joseph Schumpeter, l'essentiel de Thomas Mann, tous les écrivains pourtant de gauche de l'Allemagne de l'Ouest et de l'Autriche, depuis 1945 : Ingeborg Bachmann, Uwe Johnson, Heinrich Böll, Günter Grass…

Les autres États du bloc soviétique sont aussi encouragés, surtout après 1956, à réhabiliter, parfois à grands frais, leurs gloires nationales respectives, depuis la restauration architecturale du vieux Prague jusqu'à l'évocation exaltée des guerres de la Pologne, depuis les *Chevaliers teutoniques* d'Aleksander Ford jusqu'à *Cendres et diamant* de Wajda, qui évoque la gloire des guerres napoléoniennes. En Allemagne de l'Est, rien en dehors des évocations stéréotypées des aventures de Marx et Engels, des révolutions manquées de 1848 et du martyre de Karl Liebknecht et Rosa Luxemburg en 1919 – pour cette dernière en censurant tranquillement ses grands textes politiques, et avant cela un petit poème de Brecht à sa gloire dès 1951 (un peu censuré également parce qu'elle y était qualifiée de juive polonaise).

Une timide tentative de réhabiliter les héros de l'insurrection antinapoléonienne de 1813, alliés pourtant du tsar, avec un feuilleton télévisé (*Scharnhorst*) au début des années 1980, va vite tourner court. Trop dangereux de faire allusion à un patriotisme allemand, qui ne peut instantanément que loucher vers l'autre côté du mur. Dans ces conditions, les intellectuels ne peuvent que songer à partir, ce qui est bien moins le cas ailleurs, que l'on songe au philosophe Jan Patocka à Prague enraciné dans l'université tchèque, à l'historien Bronislaw Geremek à Varsovie, cofondateur de Solidarnosc, au vieux Lukacs à Budapest, prophète nullement abattu de temps meilleurs.

« MISÈRE ALLEMANDE » (HEINE)

La RDA se distingue, elle, dès 1957, en embastillant un philosophe critique, Wolfgang Harich, cas unique à l'est dans cette période, puis laisse partir pour la RFA ses deux penseurs les plus importants, le philosophe Ernst Bloch et l'historien de la littérature Hans Maier, dont les œuvres les plus essentielles naîtront (ou même renaîtront) en Allemagne de l'Ouest. Brecht lui-même, qui sera embaumé après sa mort survenue en 1956, avait déjà laissé pour son journal intime et ses saillies orales, prudemment réservées à ses proches, les véritables pensées que lui inspirait « le premier État socialiste ouvrier et paysan sur le sol allemand ». Après la répression anti-ouvrière de 1953 à Berlin-Est et ailleurs, un bureaucrate quelconque avait ainsi proféré que « le peuple d'Allemagne de l'Est avait profondément déçu le Parti ». On rappelle une nouvelle fois la réplique de Brecht : « Si le peuple a déçu le Parti, il n'y a qu'à dissoudre le peuple et en élire un autre. » C'est très exactement ce qui se produisit en l'an de grâce 1989, trente-six ans plus tard : la dissolution du peuple, faute de changement dans le Parti.

Mais essayons, au-delà de ce constat d'intrinsèque faiblesse et d'anomalies répétées, d'aller un peu plus loin encore, tel le psychanalyste ouvert aux interprétations plus profondes, au-delà des symptômes superficiels les plus lisibles qu'il aura déjà décelés. Il y a aussi une esthétique et une morale est-allemandes qui forment, nous l'avons vu, une exception à l'est, une exception en réalité parfaitement cohérente avec son histoire, mais inconsciente en grande partie dans ses énoncés. Déjà l'architecture : la Pologne reconstruit les façades détruites de Gdansk et de Varsovie avec une minutie de collectionneur, l'Allemagne de l'Est enlaidit délibérément le vieux centre de Berlin de verrues épouvantables, le pire étant l'immonde palais de la République, sis en plein centre de Berlin-Est et aujourd'hui fort opportunément détruit par l'Allemagne réunifiée. C'est en Allemagne de l'Est seule que l'on trouve un mouvement de jeunesse communiste qui défile en uniforme, la chemise bleue de la FDJ (sigle de la jeunesse libre allemande, « *Freie Deutsche Jugend* »). C'est aussi en Allemagne de l'Est que l'on perpétue sans limites les vieilles, ou plutôt jeunes, traditions du IIIe Reich, depuis le pas de l'oie de la troupe jusqu'aux retraites aux flambeaux des jeunes, en passant par le culte du sport de masse (« *Kraft durch Freude* », « la force par la joie » chère au regretté Baldur von Schirach [1]) et même les « expériences médicales » sur des cobayes humains qui ne sont plus, il est vrai, les prisonniers soviétiques et les juifs des camps, mais au contraire les héros du jour, les sportifs « amateurs » dont quelques dizaines pâtiront quelques années plus tard de dérèglements hormonaux et de cancers.

Ici, l'exaltation sadique apparente de ce IIIe Reich d'opérette se retourne évidemment en son contraire logique. La dérision du sadisme nazi qu'exprime la RDA sur le plan symbolique ne peut que provoquer en retour l'émergence d'un masochisme dolent : les sadiques sont en réalité les Soviétiques qui se donnent le spectacle grotesque de cette Allemagne de l'Est enrégimentée, pour mieux jouir de leur victoire et faire taire leur inquiétude d'une renaissance possible de la puissance allemande. Un peuple entier est ainsi humilié et dévirilisé (ses championnes sportives beaucoup mieux mises en valeur que ses champions) de devoir s'adonner par la

1. Baldur von Schirach fut le responsable de la politique nazie en matière de jeunesse. Il créa le mouvement de masse parasportif « *Kraft durch freude* » (« La force par la joie ») entre autres facéties. Jugé au tribunal de Nuremberg, il s'en tirera avec une peine de prison. Son fils est aujourd'hui l'un des avocats pénalistes les plus renommés d'Allemagne. Il a défendu dans les années 1990 un bon nombre d'anciens cadres du régime communiste est-allemand, dont l'homme qui précipita la chute du Mur, Günter Schabowski (qu'il fit du reste acquitter).

contrainte à une parodie amère du nazisme, qu'il vit cette fois-ci comme un carcan et non une exaltation. Un humoriste anonyme, apprenant en 1990 que les anciens de l'armée de la RDA et de la sécurité d'État, la Stasi, entendent se regrouper en une association de défense de leurs intérêts moraux, leur suggère de donner à leur journal le titre « Le non-volontaire » (*der Unfreiwillige*). Tout est dit de cet Wehrmacht d'opérette, de cet Afrikakorps de mercenaires au service de Kadhafi qui se fait décimer au Tchad par des hordes de Toubous soldées par la France, de cette flicaille abondante et résolue qui quadrille le pays à hauteur d'un indic sur douze habitants, ce à quoi le KGB, même dans sa grande époque, n'était jamais parvenu.

Lisant dans la revue américaine le *New Yorker* un article hilarant d'un jeune critique d'art américain consacré à démolir la philosophie de la musique d'Adorno, j'eus soudain le sentiment de tout comprendre de ce qui se passait effectivement en Allemagne de l'Est. Aux journées de la musique moderne de Wiesbaden qui naquirent avec la RFA en 1949, Theodor Adorno, de retour des États-Unis où il avait rédigé sa *Philosophie de la nouvelle musique*, dirigeait, selon notre humoriste, un véritable « camp de rééducation » pour musiciens anciens nazis que l'on gavait de musique sérielle, de composition dodécaphonique, d'opéras d'Alban Berg et de quatuors de Webern, pour être sûr de tuer en eux à l'avenir toute tentation de retour au lyrisme wagnérien ou même de la mélodie chère à Richard Strauss. Il y avait du reste, parmi les « pensionnaires du camp », le musicien qui avait composé l'hymne de la Luftwaffe dans une vie antérieure. Dispositif sadique encore par lequel le grand intellectuel juif allemand de l'école de Francfort qu'était Theodor Wiesengrund Adorno se prémunissait contre l'identité encore insupportable de l'Allemagne recouvrée. La direction collective du SED en zone soviétique ne faisait en réalité pas autre chose. Sans la culture et le charme d'Adorno ni la maîtrise et l'humour du juif berlinois Helmut Newton, dont les photographies de femmes aussi phaliques que glacées retournent comme un gant le *pathos* nazi du héros viril musclé et inflexible.

GRAND TABOU EST-ALLEMAND ET GRAND RETOURNEMENT

Nous sommes ici arrivés sur le nerf, et sur le grand tabou de toute cette histoire : le rôle des juifs allemands communistes dans l'organisation de la RDA et dans sa crise subite. Il ne s'agit pas d'une variante des *Protocoles des sages de Sion*, ou d'une théorie quelconque du complot, mais d'une réalité beaucoup plus simple et plus pertinente, qui là aussi constitue une nouvelle « exception est-allemande ».

Si les militants communistes juifs étaient très

nombreux dans l'Europe de l'Est de l'avant-guerre, ceux qui avaient survécu aux terribles épreuves des années 1936-1945 représentaient encore un noyau assez homogène de militants qui, aux yeux de Staline, étaient parfaitement fiables dans des États, la Pologne, la Hongrie, la Roumanie en particulier, qui l'étaient moins ou pas du tout. Une sorte de loi sociale s'impose ici à l'attention : plus le mouvement communiste autochtone est fort et moins on trouve de militants juifs à des postes élevés de responsabilité : d'emblée la Bulgarie et, après les procès de Prague qui les éliminent tous violemment, la Tchécoslovaquie à son tour illustrent bien cette première possibilité. À l'inverse, l'éradication des cadres juifs en Pologne ne surviendra qu'en 1968 et leur marginalisation en Roumanie sera très progressive, la Hongrie les conservant même en totalité à leurs places après le séisme de 1956. Mais il n'y a qu'en Allemagne de l'Est, où les juifs ne sont qu'une poignée de peut-être dix mille personnes, toutes communistes depuis les années 1920 et 1930, qu'on les retrouve encore vers 1980, occupant sans mot dire des postes clefs, sans équivalent ailleurs, jusqu'à la présence de deux membres juifs du bureau politique, l'organe suprême du pays, Hermann Axen[1] et Kurt Hager.

1. Hermann Axen, dirigeant étudiant sous la République de Weimar, vit en exil à Paris avant la guerre. Arrêté par la Gestapo, il est déporté à Auschwitz et survit miraculeusement. Axen est, depuis la fin des années 1960, le chef du département international du SED.

Le premier, ancien déporté d'Auschwitz, dirige la politique extérieure, et le second est un héros de la bataille antinazie, qui réussit, jeune ingénieur, à couper entièrement le son d'un meeting de Hitler à Stuttgart en 1931. Il dirigera jusqu'en 1989 la promotion des cadres.

Un peu derrière eux, et déjà à la retraite, Albert Norden [1], le directeur du quotidien du parti *Neues Deutschland* depuis son retour d'exil en Angleterre en 1946, qui avait été le compagnon de jeunesse de l'historien et philosophe israélien Gershom Scholem [2]. La politique culturelle avait longtemps été confiée à son ami Alexandre Abusch [3]. Plus pittoresque encore, on trouvait en 1989 à la tête de l'un des trois corps formant la NVA, l'armée si l'on peut dire nationale, un général Goldberg, fils d'un ancien commissaire politique de la brigade Thälmann

---

1. Fils du grand rabbin de Hambourg, Albert Norden fonde un mouvement de jeunesse révolutionnaire juif pendant la Première Guerre mondiale et rejoint le KPD en 1920, où il devient journaliste au quotidien du Parti, *Die Rote Fahne*. Réfugié en Angleterre jusqu'en 1945, il dirige l'organe central du régime « Neues Deutschland » pendant près de trente ans.

2. Gershom Scholem, grand érudit hébraïsant et philosophe, émigré en Palestine après 1933, où il influencera grandement la vie intellectuelle du premier Israël. Son frère Werner, un temps membre du bureau politique du KPD et oppositionnel, disparut en déportation pendant la guerre.

3. Né à Cracovie en Pologne, Alexandre Abusch devint un spécialiste des questions culturelles du KPD avant 1933 et l'inamovible ministre de la Culture de la RDA, à la fois protecteur et persécuteur de Berthold Brecht.

pendant la guerre d'Espagne et protégé du ministre de la Défense Karl-Heinz Hoffmann, certes non juif, mais subordonné en Espagne de Goldberg père. Une telle place réservée aux anciens d'Espagne, là aussi, n'était pas si courante à l'est. On évoquera pour terminer le fondateur de la FDJ, l'inventeur des chemises d'uniforme bleues et des retraites aux flambeaux, Horst Brasch[1] (dont le fils Thomas sera l'un des écrivains contestataires les plus connus de la RDA), et, mieux encore, un héros de la Résistance en Europe de l'Ouest – et de l'Orchestre rouge – longtemps en disgrâce, Klaus Gysi[2], d'abord ministre des Cultes de Honecker, puis ambassadeur de la RDA à Rome où il entretiendra surtout en réalité des liens très étroits avec le Vatican, non pour le compte de la seule Allemagne de l'Est mais en réalité pour celui du bloc

1. Militant des Étudiants communistes avant 1933, chef du KPD en exil en Angleterre avec Kurt Hager, Horst Brasch fonde la Nouvelle Jeunesse communiste en zone soviétique, la FDJ (ou Jeunesse libre allemande) et lui donne ses « traditions » : uniformes et défilés. Connu pour sa rigidité et son patriotisme allemand de façade.

2. Communiste exilé en France dans les années 1930, Klaus Gysi demeure clandestin, avec sa femme Irène, tout au long de la guerre, dans le cadre de la branche « KGB » de l'Orchestre rouge. Cadre culturel de rang moyen jusqu'en 1967, il entre, peu de temps après l'arrivée d'Andropov au pouvoir, au KGB dont il est officier de réserve, au Comité central du SED, en tant que ministre des Cultes. Son fils Gregor Gysi, avocat et défenseur de certains dissidents, devient le chef du nouveau parti communiste PDS, un mois après la chute du Mur.

de l'Est tout entier, sous la supervision directe de Youri Andropov[1].

Mais ici, le mystère, la fascination et le trouble le plus grand vont venir du plus célèbre et pourtant le plus caché d'entre ces responsables juifs de l'Allemagne de l'Est, le chef du service des renseignements extérieurs du régime, Markus Wolf, toujours affublé de son diminutif russe de Mischa. Avec lui, nous allons sortir des anecdotes pour entrer de plain-pied dans l'histoire, la grande histoire. Markus Wolf est peut-être d'abord le plus représentatif de ce petit groupe de communistes juifs allemands que la grande tragédie du siècle place ainsi au cœur de la stratégie soviétique, au centre de l'Europe. Né dans une famille bourgeoise de Rhénanie, il est surtout, avec son frère adoré Conrad (Connie), le rejeton de Friedrich Wolf, écrivain, essayiste et auteur dramatique communiste de la république de Weimar, qui sera après la guerre le premier ambassadeur de RDA en Pologne. D'abord « ami de la nature », athlète et hygiéniste qui pose en discobole pour mieux faire obstacle, entre autres, aux stéréotypes antisémites de son époque, Friedrich Wolf ne tarde pas à rejoindre le parti communiste, à la recherche d'une structuration forte de son tempérament fan-

1. On retrouve ainsi présents, à l'ouverture de la brêche, deux fils de proches d'Andropov, le Roumain Petre Roman et l'Allemand de l'Est Gregor Gysi ; comme si Kryoutchkov avait ainsi veillé sur la famille « élargie » de son défunt maître.

tasque et narcissique. Avec sa pièce la plus connue, *Professeur Mamlock*, il décrit la destruction d'un médecin juif bourgeois qui ne comprend pas que son milieu, autrefois protecteur, puisse ainsi le sacrifier à l'antisémitisme. La conclusion de la pièce, peu dialectique au demeurant, est claire : seul un ferme point de vue de ralliement aux combats de la classe ouvrière, auquel s'identifie au dernier acte le fils du grand médecin qui n'est que le double de l'auteur lui-même, peut dissoudre à l'avenir les souffrances causées par l'antisémitisme et le racisme. Son fils, Mischa Wolf, fera, en son propre temps, l'expérience personnelle de la relative inanité de ce point de vue.

Avec l'arrivée au pouvoir de Hitler en 1933, Friedrich Wolf s'exile avec toute sa famille et, après un bref passage en France, se retrouvera à Moscou jusqu'à la fin de la guerre. Le jeune Mischa, qui a tout juste douze ans, accomplit ses études secondaires dans le lycée russo-allemand de Moscou : la vie y est dure, même pour des protégés de Staline comme ses parents ; il est aussi témoin des conséquences immédiates des grandes purges de 1936-1937 : les pères de camarades qui disparaissent d'un jour à l'autre, le climat de peur et de méfiance dans lequel baignent tous les parents sans exception.

Mais tout cela est évidemment lavé dans l'exaltation militante : l'Union soviétique bâtit une société nouvelle, durement certes, mais elle est aussi le môle de solidarité sur lequel viendront se briser les entreprises fascistes, dans l'immédiat en Espagne, demain dans un cataclysme plus grand encore, que prépare la lutte pour le contrôle de Madrid.

À peine sorti de l'adolescence, Mischa Wolf verra cette guerre attendue, en face dans les tranchées de Stalingrad où, muni d'un porte-voix, il exhorte, le plus souvent vainement, les soldats allemands à se rendre. Puis il devient le plus jeune membre du Komintern à Samara, pendant les derniers six mois d'existence de la centrale révolutionnaire. L'Internationale communiste dissoute par Staline, à la veille de la conférence de Téhéran du printemps 1943, le jeune Markus Wolf continuera exactement le même travail, au même endroit, mais sous la houlette du parti communiste allemand : préparer l'après-guerre. Et celui-ci vient plus vite que prévu : tandis que son frère Connie rentre dans Berlin à la tête d'un escadron de chars T 34 – il racontera cette expérience non sans mélancolie dans un beau film : *Mama ich lebe* (« Maman, je vis ») –, Mischa se fait, lui, recruter dans la presse communiste de la zone soviétique, devient son envoyé spécial au tribunal de Nuremberg qui juge les dirigeants nazis survivants, tout en étant déjà alors un jeune officier du KGB (ou de son prédécesseur le MGB[1]),

1. Le ministère de la Sécurité d'État (initiale M) deviendra avec la déstalinisation le Comité (initiale K), sans grands changements dans ses attributions.

avec la nationalité soviétique dont il ne se départira plus jamais.

Beria voit tout de suite l'intérêt de regrouper dans une unité spéciale des services soviétiques une avant-garde d'agents de langue allemande, dont la tâche unique sera de pénétrer partout dans les zones occidentales ainsi qu'à Berlin-Ouest. Mischa Wolf se distingue très vite par son enthousiasme et son sang-froid. Il est colonel à moins de trente ans, général à trente-cinq, promu bien avant son futur chef Erich Mielke, qui ne le lui pardonnera jamais. Car l'entreprise Wolf, le HVA (Hauptverwaltung Aufklärung[1]), fonctionne très bien toute seule, dès 1947-1948, et ne sera intégrée dans la Stasi, la nouvelle sécurité d'État de la RDA, qu'avec l'avènement officiel de la république en 1949, tout en conservant farouchement son autonomie, garantie par ses véritables patrons soviétiques. Cette quasi-indépendance sera symbolisée par l'égalité de grade entre Wolf et ses chefs nominaux successifs, notamment Zaisser (destitué en 1953 avec Beria qui le protégeait), Wollweber (destitué à son tour par Ulbricht pour libéralisme khrouchtchévien dix ans plus tard), puis, à partir du début des années 1960, le très sinistre Erich Mielke, qui se prolongera, déjà bien abîmé dans le gâtisme, jusqu'en 1989.

Si Wolf n'a jamais théoriquement répugné à la « violence révolutionnaire », il l'a en réalité

1. Administration principale du renseignement extérieur.

très peu pratiquée, lui préférant de tous temps la ruse et le jeu d'échecs. Tout autre, Mielke : brutal et identifié en tout à Staline, il a assassiné deux policiers sociaux-démocrates à Berlin en 1930, ce qui le contraint à la clandestinité, avant même l'arrivée au pouvoir de Hitler. Membre du service de sécurité du Parti, il prend dès lors part à toutes ces purges, qui terrorisaient le jeune Mischa Wolf, encore enfant à Moscou. Pendant que le fils d'écrivain rêve à des scénarios d'espionnage complexes et subversifs telles des fictions pour le cinéma, Mielke, à la sécurité intérieure, met en application ce qu'on lui a appris à Berlin, en Espagne, et à nouveau à Berlin : cogner, cogner, et surveiller sans relâche, pour la plus grande gloire de l'Union soviétique. Le reste, ce ne serait que de la littérature pour petits juifs trouillards. « Nos péchés, écrivait Agatha Christie, ont de longues ombres. » Peut-être la lézarde qui va provoquer la chute du Mur en 1989 a-t-elle commencé ici à Berlin-Est, au siège de la Stasi de la Normannenstrasse, au lendemain même de la brutale édification du « grand rampart », laquelle fut d'abord l'authentique moment de gloire de Honecker et de Mielke, chargés tous deux par Ulbricht et Moscou de mener à bien le grand dessein d'étanchéisation de la RDA. Au lendemain de sa « grande victoire » de 1961, Mielke entreprend dès lors de ramener la gloire de Wolf à de plus justes proportions, et trouve dans le président du KGB de l'époque, Boris Chelepine, le grand ami et protecteur de l'avocat réunionnais Jacques Vergès, une oreille complaisante. Malgré toutes ces manœuvres, Wolf tient bon, et disposera en Andropov, président du KGB à partir de 1967, d'un protecteur indéfectible. Mais Andropov lui-même n'est pas tout-puissant, surtout à Moscou.

Le KGB est une affaire trop importante pour être laissée à l'autorité d'un seul homme, eût-il été investi par le Politburo. Dans la première moitié des années 1970, celles de la détente avec les États-Unis et d'un brejnévisme encore débonnaire sur le plan intérieur, Andropov ne cesse de marquer des points en sa faveur. Mieux, lorsqu'on découvre, nous l'avons vu, que le propre chef du cabinet du chancelier social-démocrate Willy Brandt, Günter Guillaume, était un espion du HVA de Markus Wolf, la fureur est grande à Moscou. On estime qu'un risque terrible a été pris qui, pour quelques bouts d'information dérisoires, vient de compromettre définitivement le meilleur interlocuteur de l'Union soviétique à l'Ouest, Willy Brandt. Mais ici, Andropov et Markus Wolf parviennent à retourner la table et à pointer du doigt la responsabilité politique de la débâcle sur Boris Chelepine, sur qui reposait pleinement la décision d'infiltrer Guillaume au plus haut niveau, en 1966. Wolf, on peut rapidement le vérifier, n'avait fait qu'exécuter les ordres, et Chelepine fut expulsé du bureau politique, d'où il présidait encore les syndicats soviétiques en attendant son heure, celle de la relève par la « gauche néostalinienne ». Voilà donc qu'Andropov et Wolf renforçaient leur main, alors qu'on aurait pu attendre leur chute. L'épreuve Guillaume avait été victorieusement surmontée, mais d'autres défis plus graves allaient bientôt survenir.

LE GRAND RETOURNEMENT

À partir de 1973-1974, tout change peu à peu : la détente s'avère plus amère que prévu. Le retournement de Sadate en Égypte laisse dans une fureur inextinguible les spécialistes moscovites des affaires arabes, qui plaident dès lors pour jouer la carte de la Libye de Kadhafi, de l'expansion syrienne au Liban, et des intransigeants tels que Georges Habache et son FPLP, dans le mouvement palestinien. Au Portugal, enfin bat son plein la révolution des Œillets de 1974, où communistes portugais et guébistes soviétiques manipulent allègrement le Mouvement des forces armées (MFA) qui occupe brièvement le pouvoir jusqu'à la fin de 1975. Une issue révolutionnaire semble ainsi se fourbir en Europe de l'Ouest, contre les renoncements réformistes des eurocommunistes d'Italie, de France et d'Espagne, que le KGB, malgré les efforts d'Andropov en sens contraire, s'efforce par ailleurs de déstabiliser autant qu'il le peut [1]. Andropov plie sous les coups de ses adversaires néostaliniens au sein des organes, sans pour autant totalement se résigner à sa défaite. Mais il est bloqué au plus haut niveau par deux de ses principaux adjoints, Tsinev, un ami intime de Brejnev depuis la guerre, qui le surveille pour le compte direct du Kremlin, et surtout Tsvigoun [2], le propre beau-frère du secrétaire général, assassin sans grands scrupules, mais poète aussi à ses heures, dont la mort mys-

1. Tentatives relativement réussies de scissions diverses dans le parti communiste d'Espagne visant Santiago Carrillo se mènent en parallèle avec l'irruption d'un dossier accablant sur la conduite de Georges Marchais sous l'Occupation. Bientôt les Brigades rouges s'occuperont du principal interlocuteur d'Enrico Berlinguer, le démocrate-chrétien de gauche Aldo Moro, à la veille de son élection à la présidence de la République italienne. Les événements, de 1975 à 1979, poussent tous dans la même direction : l'explosion sous des chocs répétés de la tentative de mise en place d'un pôle « eurocommuniste ». Cette coïncidence n'a rien d'un hasard. Mais on peut trouver, au moins dans le cas Aldo Moro, que Andropov, sinon les réseaux locaux du KGB, fera tout pour essayer de sauver l'ancien président du Conseil italien.

2. Le suicide de Tsvigoun, qui jusque-là faisait figure d'homme fort du KGB, directement en phase avec son beau-père, le secrétaire général Léonide Brejnev, est demeuré à ce jour un mystère malgré la *glasnost*. Plus étrange encore, Brejnev, sans doute par protestation contre ce qui était un véritable meurtre politique, se refusera à assister aux obsèques. Au lendemain de ce décès mystérieux, on voit Andropov reprendre les rênes du KGB et organiser son triomphe, l'établissement de l'état d'urgence en Pologne.

térieuse en 1981, par « suicide », annoncera enfin la victoire définitive d'Andropov au sein du KGB.

Mais, auparavant, une décision fatale aura été prise contre l'aveu du président du KGB, qui ne retrouvera vraiment la main que pour s'opposer victorieusement à une issue catastrophique en Pologne, après la grève de Gdansk de l'été 1980. Cette décision consistait tout simplement en invoquant le précédent portugais de 1974, à passer une alliance stratégique avec les terroristes européens, RAF allemande et Brigades rouges italiennes essentiellement, en utilisant comme intermédiaires leurs amis palestiniens et plus généralement arabes. Mielke est à l'avant-garde de ce grand tournant meurtrier, dans lequel il peut enfin respirer, après toutes ces opérations à fleuret moucheté inutiles et dérisoires d'Andropov et de Wolf, qui commencent enfin, selon lui, à payer leurs errements opportunistes, déjà avec l'assassinat sous pavillon irakien de leur ami Henri Curiel, l'ancien dirigeant communiste juif égyptien qui s'était fait le porteur du rapprochement israélo-palestinien, en 1978, à Paris.

Mielke voyait en effet dans les assassins de la Fraction armée rouge Baader-Meinhof (RAF) les continuateurs véritables de sa flingueuse jeunesse. La jeune Ulrike Meinhof n'avait-elle pas commencé par militer au parti communiste, alors clandestin, de l'Allemagne de l'Ouest dans les années 1950 et 1960 ? Et les jeunes terroristes de leur côté se gardaient bien de toute affiliation idéologique qui fâche Berlin-Est ou Moscou, comme d'exprimer une quelconque sympathie pour la Chine de Mao, par exemple. Précisément, dès le début des années 1970, Mielke avait déjà engagé le parti communiste ouest-allemand, le DKP, dans des actions compromettantes, assurant une formation militaire sur le territoire allemand à certains de ses adhérents triés sur le volet, avec l'objectif de les faire passer à l'action subversive sous le commandement de la Stasi et de l'armée est-allemande, la NVA, en cas de tension avec l'OTAN. C'est à la même époque que Carlos et ses amis de l'organisation spéciale du FPLP du docteur Wadi Haddad pourront se servir librement de Berlin-Est pour préparer leurs actions terroristes à l'ouest. Des dizaines de militants pourchassés de la RAF seront aussi calmement accueillis en RDA et recyclés dans des entreprises, sous de fausses identités qui ne seront percées qu'après la réunification. Il est vrai que la plupart de ces fugitifs s'arrêteront là, trop fatigués pour reprendre sans hésiter l'action terroriste directe. Mais il s'agissait ici dans l'esprit de Mielke d'une transaction plus vaste, assurant la garantie d'une protection en dernier recours à des groupes encore actifs à l'ouest, soutenus le cas échéant par des réseaux subversifs de l'Est (notamment en électronique et en explosifs).

Andropov continuant à se proclamer hostile à ce tournant terroriste et s'efforçant de ne pas y impliquer le KGB proprement dit, le groupe Tchernenko (le secrétaire de Brejnev), relayé par Tsinev et Tsvigoun, contournera le plus souvent l'état-major du KGB, en sous-traitant les actions les plus compromettantes à certains services « frères » : le STB tchécoslovaque pour la logistique et les explosifs (le célèbre Semtex), la Derjavna Sigournost bulgare pour le soutien aux Brigades rouges italiennes, la Stasi enfin pour la manipulation de la bande à Baader. Une des provocations les plus incroyables de cette période difficile aura été le ciblage d'officiers américains de premier plan, grâce à des données électroniques et à des écoutes, qui ne pouvaient être connues que des seuls services de l'Est équipés pour cette tâche de technologies avancées : c'est ainsi qu'a lieu, en 1980, la tentative d'assassinat du commandant en chef de l'OTAN en Allemagne, le général américain Kroesen, dans une embuscade de la Fraction armée rouge qui avait reposé sur la connaissance de sa route secrète et de son véhicule banalisé, impossible à obtenir pour un groupe terroriste occidental indépendant. Il en sera de même de l'enlèvement du général Dozier à Vérone en 1979, où les acteurs, membres des Brigades rouges, furent découverts par la police italienne comme entretenant d'étroits contacts avec un agent bulgare, le syndicaliste socialiste italien Scricciolo.

À la fin de cette longue mèche destructrice, on retrouvera sans étonnement les mêmes implications dans les deux actions qui ouvrent et ferment cette période du « temps des troubles » : l'attentat contre le pape Jean-Paul II de mai 1981 où les services bulgares, leur chef politique indirect, le secrétaire du parti communiste Todor Jivkov, et sans doute Tsvigoun à Moscou, sont impliqués jusqu'au cou. Et l'assassinat du plus proche soutien de Helmut Kohl, le patron de la Deutsche Bank, Alfred Herrhausen, par un ultime commando de la RAF, très appuyé sans l'ombre d'un doute par des agents de la Stasi, quelques jours seulement après la chute du Mur, et qui a tout d'une ultime vendetta. Ce dernier coup a tout l'air en effet de la réponse de Mielke et consorts, juste avant qu'ils ne soient balayés par la défaite sans appel que les forces de la raison humaine venaient de leur infliger avec la chute du Mur, quelque quinze jours plus tôt. À peu près au même moment d'ailleurs dans une scène particulièrement grotesque, devant des députés médusés de la Volkskammer, la Chambre d'enregistrement pseudo-parlementaire de la RDA, Mielke devait enfin rendre des comptes sur ses activités.

On sait que Mielke s'exclama alors dans l'hilarité générale : « Mais voyons, je vous aime pourtant tous, tant que vous êtes. » Le doctrinaire du pur amour socialiste venait ainsi de passer de la solidarité active avec Carlos, les baaderistes et les Brigades rouges, au gâtisme le plus parfait, sans doute simulé, aux fins – obtenues avec succès – de s'épargner toute sanction pénale.

Mais si nous nous reportons à présent au point de départ de toute l'affaire, la période 1978-1981, marquée par le triomphe apparent de la stratégie terroriste, à Moscou même, nous constatons qu'elle correspond parfaitement, de l'aveu même du principal intéressé, à un mouvement de décrochage de plus en plus marqué de Wolf, qui se refuse peu à peu à assumer les fonctions essentielles, qu'il remplissait pourtant avec succès depuis 1947-1949.

LES SOUFFRANCES DU TOUJOURS JEUNE WOLF

Une comparaison vient tout de suite à l'esprit, celle du destin du terroriste de la RAF Hans-Joachim Klein à l'ouest. De mère juive, ce que tout le monde dans son entourage ignorait parfaitement, Klein était un sous-prolétaire recruté par Andreas Baader au début des années 1970, devenu peu à peu une gâchette appréciée de ses chefs pour ses talents d'assassin au sang-froid. Mais, en 1976, Klein décroche brutalement : on lui demandait de prendre des repérages à Francfort pour finalement révolvériser le chef de la communauté juive de RFA, Heinz Galinski.

Désormais en cavale, Klein survivra aux poursuites des uns et des autres pendant quinze ans, grâce essentiellement à Daniel Cohn-Bendit qui négociera enfin sa reddition et son pardon, dans les années 1990, bien après la réunification.

Toutefois, Klein, dans son grand refus fruste, mais intransigeant, va nous servir d'analyseur pour décrypter le comportement de Wolf lui-même. Comme Klein, et à un tout autre niveau intellectuel, Wolf était entré en guerre contre les élites de l'Allemagne occidentale de l'après-guerre pour se venger, en les prenant pour cible, du nazisme, qu'il voyait encore exercer une influence sourde et souterraine dans la société allemande tout entière avec le même manque de nuances et la même psychologie élémentaire que Klein, masqués tous deux par sa grande culture littéraire. Comme Klein, Wolf reculait à présent avec effroi, lorsque son engagement, certes intellectuellement violent, mais toujours fondé sur une vision du monde relativement élaborée et apparemment cohérente, aboutissait à rejoindre sans qu'il l'ait voulu certains des buts de guerre du nazisme, à tuer les siens, les juifs – allemands, américains, israéliens, peu importe –, sous le drapeau de contrebande qui se faisait passer pour celui de Teruel et de Stalingrad, celui-là même que l'on avait fini par hisser sur le Reichstag, immortalisé par le cliché du grand photographe juif soviétique Evgueni

Khaldeï. Eh ! bien maintenant, ce même glorieux drapeau rouge de l'antifascisme, était irrémédiablement souillé, bafoué, détruit par Mielke, ses mandants soviétiques, ses minables associés terroristes de l'Europe de l'Ouest et du Moyen-Orient. Il était donc temps d'agir pour sauver son âme, même au péril de sa vie : telle était depuis déjà plusieurs années la conviction profondément méditée de Youri Andropov, auquel le pronostic vital très réservé de ses médecins conférait l'envie stoïque d'agir coûte que coûte pendant qu'il en était temps, pour faire barrage au pire. Une résolution désespérée qui rappelait celle du *Michaël Kohlhaas* de Kleist, comme par hasard le récit préféré de Kafka. « *Ich werde meinen weg fortsetzen* », « Je vais poursuivre mon chemin, jusqu'au bout ».

4

Le complot de Wolf et la discorde chez l'ennemi

Mischa Wolf avait, on l'a vu, un frère, avec lequel il avait traversé toutes les épreuves de l'adolescence, et constituait une sorte de double de lui-même, le cinéaste Conrad (Connie) Wolf. Ce dernier, comme tous les créateurs de la RDA, évoluait de plus en plus vers une critique virulente du régime, dès la fin des années 1970, prenant position par exemple, avec son ami le sculpteur antinazi Fritz Cremer[1], en faveur du physicien dissident Robert Havemann[2], le « Sakharov est-

1. Grand sculpteur communiste de la RDA, académicien et figure de proue du régime, Fritz Cremer prendra pourtant en 1979 la tête d'une pétition protestataire contre les tracasseries causées à Robert Havemann, où l'on peut trouver le début d'une contestation, encore bien sage pourtant, du régime est-allemand.

2. Grand physicien, résistant au nazisme et organisateur d'un petit mouvement clandestin sous Hitler – l'« Europa Union » –, Havemann rejoint par idéalisme le parti communisme en 1948 et participe au programme nucléaire soviétique. Tout comme

allemand », dont le jeune Gregor Gysi était l'un des principaux avocats. La mort brutale de ce frère, d'une tumeur au cerveau, en 1981, a certainement beaucoup affecté Mischa Wolf, mais moins toutefois que le tour de plus en plus aigu qu'était en train de prendre le conflit interne au KGB : les premières nouvelles d'une éventuelle retraite volontaire du chef du HVA, inspirées bien sûr de sources proches de Mielke, parviennent en effet à l'ouest, en pleine bataille polonaise entre Andropov et ses opposants, pour l'instant sans visage. Mais lorsque Andropov parvient pleinement à ses fins, dans le courant 1982, voici qu'il n'est plus question de retraite, mais simplement de « prise de hauteur » dans ses responsabilités, au profit de l'un de ses adjoints, le général Werner Grossmann [1], auquel il conservera toute sa confiance jusqu'au bout, en 1989.

Il est également vrai que, par peur d'une véritable rupture avec l'Ouest, à laquelle la RDA aurait été particulièrement exposée sur le plan économique, Honecker lui-même s'était quelque

Sakharov dont il est l'ami personnel, Havemann se met après 1968 à devenir la conscience critique de la RDA. Le régime cherche à le sanctionner à la fin des années 1970. Il décède peu de temps avant la chute du Mur.

1. Ancien soldat du IIIe Reich, Werner Grossmann entre dans un orphelinat et en ressort membre de la police est-allemande. À la Stasi, il s'occupe essentiellement du HVA, où il devient peu à peu le bras droit de Wolf. Son rapport avec son ancien patron rappelle celui de Kryoutchkov envers Andropov.

peu détaché de son parrain Brejnev et surtout du groupe Tchernenko qui aurait dû dominer la succession, et il s'était même préparé à sa manière au nouveau tournant « libéral autoritaire » de Moscou de la fin 1982 orchestré par un Andropov mourrant. Bientôt, il ira jusqu'à éliminer le plus dogmatique de ses hiérarques, le secrétaire du parti pour la ville de Berlin-Est, Konrad Naumann, en victime expiatoire offerte à l'irritation de la nouvelle direction soviétique, celle d'Andropov.

Mieux même, à l'avènement de Gorbatchev en 1985, après un an de vaine tentative de réaction brejnévienne sous Tchernenko, Honecker et les siens apparaissent bien plus comme des alliés de poids que comme des adversaires du nouveau chef de l'Union soviétique. Ils en obtiennent, dans la foulée de cette bonne entente, de pouvoir organiser à l'automne 1986 le seul et unique voyage d'État d'un chef de l'Allemagne de l'Est en Allemagne de l'Ouest, voyage auquel Tchernenko s'était encore opposé, par hostilité à la politique allemande de son prédécesseur Andropov. Gorbatchev, à son tour, visitant Berlin-Est peu après son avènement, avait bien voulu interpréter le sigle RDA comme l'abréviation russe de « *Davaï, davaï, rabotaï* » (« En avant, en avant, au travail »), insistant ainsi sur l'importance économique et les capacités de mise en œuvre du protectorat allemand de l'Union soviétique, qui avait visiblement toute sa confiance. Mais l'idylle ne devait pas durer plus d'un an : avec la catastrophe de Tchernobyl de 1986, Gorbatchev se découvre désormais en Union soviétique, en abattant tout son jeu : transparence de l'information (*glasnost*), réconciliation avec les États-Unis à Reykjavik (septembre 1986), retour d'exil du couple Sakharov/Elena Bonner de Nijni-Novgorod (décembre 1986), et bientôt tolérance de plus en plus affirmée de l'activité de groupes politiques échappant au contrôle du parti communiste. Là, Honecker ne peut plus ni suivre ni approuver. La difficile situation économique de la RDA le rend certes vulnérable aux pressions, peut-être un jour, conjuguées de la RFA et de l'Union soviétique, mais pour l'instant le régime demeure encore solide et bénéficie du rôle sans équivalent que jouent l'industrie et la technologie est-allemandes dans les grands projets soviétiques. Ne raconte-t-on pas que Berlin-Est aurait contribué, pour plus de 60 % de ses composants, à la réalisation de la navette spatiale *Bourane* que Moscou vient de lancer en réponse asymétrique au programme reaganien de « guerre des étoiles » ? Honecker en tout cas s'en vante.

Pourtant, l'impact de la *glasnost* soviétique est chaque jour plus prégnant : la télévision ouest-allemande, nous l'avons vu, présente enfin dans tous les foyers, y compris dans la région de Dresde, depuis 1983, retransmet tous les soirs des images de Moscou qui semblent surréalistes : un

Sakharov libéré qui pose ses conditions à Gorbatchev, des foules apaisées de manifestants libéraux en plein Moscou, l'annonce d'une seconde vague de déstalinisation, qui, appliquée au-delà des frontières soviétiques, impliquerait la réhabilitation de tous les dirigeants de la RDA brutalement éliminés depuis 1953. Dans ce retournement à certains égards comique, nous assistons, en cette cruciale année de 1987, la dernière année où le pouvoir soviétique existe encore réellement partout sur son territoire, à un incroyable retournement : la population de RDA concentre pour la première fois son regard vers Moscou pour y trouver le chemin de sa propre liberté, et secondairement le chemin le plus discret vers l'Allemagne de l'Ouest. Beaucoup regrettent de ne pas avoir appris assez de russe à l'école pour pouvoir lire la nouvelle presse soviétique.

Ici, en ce début de 1987, un atelier dissident de sérigraphie, sous le prétexte de fêter l'anniversaire de l'effondrement du nazisme, invente un slogan extraordinaire : en représentant en sépia la célèbre photo montrant soldats soviétiques et américains qui se tendent fraternellement la main sur la ligne de l'Elbe, à Torgau, qu'ils ont atteinte les uns et les autres fin avril 1945, de jeunes et impertinents graphistes est-allemands inscrivent en surimpression sur toute la photo : « *Befreit uns noch einmal* » (« Libérez-nous une nouvelle fois »). Ici, tout est dit en bien peu de mots : que la destruction militaire du nazisme fut aussi une libération pour le peuple allemand. (Alors, il est vrai, Russes et Américains agissaient ensemble pour le bien commun de l'humanité.) Ensuite que leur irrémédiable rupture de l'après-guerre, en 1947, fut aussi le malheur du peuple allemand, désormais divisé, bientôt séparé, peut-être même irrémédiablement. Et voici que, quarante ans plus tard, Américains et Soviétiques se réconciliaient de plus en plus vite, mettaient un terme à cette interminable guerre froide, enfin. Ne pourraient-ils pas, dans ces conditions, collaborer à nouveau, cette fois-ci à la libération véritable de l'Allemagne, par l'abolition enfin – même symbolique pour commencer – du mur de Berlin et, au-delà sans doute, de l'Allemagne de l'Est elle-même, au moins telle qu'on la connaissait[1] ?

C'est très exactement enfin la même thématique que va développer Markus Wolf dans un livre parfaitement extraordinaire qui sort chez un petit éditeur est-allemand à l'automne 1987. Ce livre deviendra instantanément un immense succès de librairie. Et il le mérite évidemment. D'abord par la personnalité de son auteur : à

1. Ici, l'apostrophe de Ronald Reagan prononcée la même année 1987, alors qu'il entamait la tournée d'adieu de ses alliés : « Monsieur Gorbatchev, abattez donc ce mur », fonctionnait parfaitement comme un écho de cette thématique. C'était à présent aux Russes de décider.

l'est, comme à l'ouest, les chefs opérationnels des services secrets demeurent toute leur vie des hommes de l'ombre qui n'ont pas l'habitude de prendre la plume, fût-ce pour écrire des fables. Ils se distinguent en cela de leurs maîtres politiques, auxquels il peut arriver d'opiner dans les débats politiques, au sein de la Nomenklatura, dans un sens ou dans un autre, mais toujours dans l'absolue brièveté, et non sans quelque sobriété. Mais ici, ce n'est pas le prétendu supérieur Mielke qui parle, c'est l'homme sans visage, le moins identifié encore du monde du renseignement, qui écrit un prétendu livre de souvenirs, qui raconte tout de sa jeunesse, de ses opinions véritables et des sentiments que lui inspire la situation présente. Pour cela, il passe par un détour autobiographique, bouleversant de sincérité non feinte, mais aussi de tabous surmontés, avec une incroyable liberté, même en ces temps d'ouverture généralisée des placards. Mais d'abord l'histoire : il s'agit de la destinée de trois jeunes gens, trois inséparables, élevés tous les trois dans l'idéal communiste des années 1930, au lycée germano-soviétique de Moscou. Ils se baptisent eux-mêmes la « Troïka », qui est le titre même de ce bien étrange livre. Mais comme dans la kremlinologie tardive, cette « Troïka » des trois inséparables sera amenée à se défaire. Bien sûr, le premier d'entre eux est Mischa Wolf, fils d'écrivain communiste persécuté par le nazisme, juif réprimé et de plus en plus enclin à un patriotisme de substitution soviétique qui le mènera des tranchées de Stalingrad aux bureaux du Komintern puis très vite au renseignement, la « Razvedka ».

Le deuxième membre du groupe est un jeune juif américain, Fischer, dont le père est un grand journaliste de gauche, correspondant du *New York Times* à Moscou, et auteur du grand classique : *Les Soviétiques dans les affaires mondiales*, qui est un vigoureux plaidoyer en faveur d'une alliance durable de l'Amérique de Roosevelt et de la Russie de Staline, en pleine guerre d'Espagne. Déçue jusqu'en son tréfonds par la naïveté de ses espérances, la famille Fischer regagne les États-Unis, en plein pacte germano-soviétique en 1939. Désormais, son rooseveltisme sans faille, qui est celui de toute la gauche new-yorkaise, s'accompagnera de la plus grande méfiance envers toutes les entreprises des Soviétiques, que Wolf semble comprendre parfaitement. Le père Fischer rejoindra le renseignement américain, l'OSS, en 1942, et le fils aîné, l'ami intime de Mischa, mettra dans les années de la guerre froide sa parfaite connaissance du russe au service de la CIA, le successeur de l'OSS où son père avait servi. Il ne faudra pas moins que la *perestroïka* de Gorbatchev pour que les deux quasi-frères, devenus des sexagénaires, revenus de bien de leurs mécomptes, se retrouvent pour une brève étreinte qui renoue avec leurs sentiments profonds, écrasés et déchirés par la tragédie du siècle. On tirera, au-delà de l'émotion non feinte de l'auteur, le sentiment d'un redoublement, littéraire celui-là, de l'affiche de Torgau : à présent que l'Amérique et la Russie se libèrent ensemble de la guerre froide et renouent avec les cousinages perdus, que va-t-on faire de la « pauvre Allemagne » ? La réponse tient ici dans la biographie du troisième larron de cette « Troïka », un fils de communiste allemand, du nom de Vloch. Simple militant ouvrier, le père de ce dernier ne sera pas préservé des purges de Staline par un passeport américain comme Fischer, ou, déjà plus précaire, par la renommée littéraire comme Friedrich Wolf. Arrêté dans les purges de 1937, il sera, après le grand procès des cadres du Komintern, fusillé à la Loubyanka, le siège de l'ancêtre du KGB. Mais, étonnante contradiction historique, le jeune adolescent sera sauvé par les vertus russe et allemande conjuguées qui demeurent sous-jacentes, malgré le IIIe Reich et le triomphe de Staline. Vertu russe que la charité et la générosité : la mère de Wolf sera préservée de l'arrestation, et pourra, expulsée deux ans plus tard en 1939, selon les termes du pacte germano-soviétique, regagner Berlin libre, avec son jeune fils adolescent. Et vertu allemande que le respect entier du droit et de la règle, lorsque cela demeure possible. Les Vloch seront laissés libres en Allemagne à Berlin, épargnés de toute poursuite en raison de la mort du père, et de leur absence personnelle d'engagement communiste. 1941, le jeune

Vloch est appelé à servir dans la Wehrmacht jusqu'à la capitulation de 1945. Fatigué de tant d'épreuves qu'il vit comme autant d'absurdités, il ouvre dans les années 1950 un supermarché à Berlin-Ouest, où il mourra prématurément d'un infarctus. Symbole parfait de la pensée profonde de Wolf, Vloch, ni Russe d'adoption ni Américain, mais Allemand véritable ballotté par l'histoire, sera la grande victime de ce mélancolique récit, de Staline d'abord, de Hitler ensuite, mais aussi de la guerre froide qui lui fait prématurément achever une existence médiocre et pleine d'espoirs anéantis. Ne serait-il pas venu le moment de lui rendre justice, enfin, de « libérer, lui ou ses fils, une fois encore », et cette fois-ci pour de bon ?

LA FIN DE LA RDA : LE MOUVEMENT DE LA PENSÉE

Et cette fable réaliste, ce « mentir vrai », eût dit Aragon pour la qualifier, s'écrit en pleine *perestroïka*, mais aussi en pleine rétraction est-allemande, sous la plume d'un des plus grands « éclaireurs », d'un des plus grands « *razvetchiki*[1] » de l'histoire soviétique ? Mieux, sacrifiant à la très

1. En Russie, le terme péjoratif d'« espion » est banni. On préfère qualifier flatteusement ces héros positifs d'« éclaireurs », « *razvetchiki* » en russe.

sympathique habitude allemande des lectures publiques de nouveaux livres dans les librairies, laquelle a bien survécu à l'est malgré le contrôle de l'État (qui d'ordinaire fonctionne très bien dès l'amont), Wolf commence une grande tournée publique à Berlin et en province, où la foule se presse pour entendre le plus déconcertant dissident de l'histoire de ce malheureux pays. Bientôt, très décontracté, Mischa Wolf ira donner une interview à l'hebdomadaire de gauche de l'Ouest, *Der Spiegel,* où il affirme que la *perestroïka* de Gorbatchev dispose de tout son soutien (pour des raisons théoriques de fond, cela va sans dire).

Si le lecteur a en mémoire mes thèses initiales, il peut mieux comprendre ce qui est en train de se passer.

Première thèse : les Russes faisaient peser une sorte de contrainte sadique symbolique, en séparant le peuple allemand d'un mur difficilement franchissable et en contraignant leurs sujets germaniques à se travestir en nazis d'opérette pour mieux calmer l'inquiétude inconsciente qu'ils éprouvaient encore au souvenir des épreuves de la guerre. En somme, transformer les nazis en soldats de plomb, et la terrible dynamique à l'épreuve dans la volonté de puissance allemande, en comédie grotesque pour orateurs assoupis et sportifs turgescents.

Deuxième thèse : pour cette mise en scène sadique, les Russes ne pouvaient hélas que faire confiance aux juifs. Ces derniers avaient bien donné à l'Union soviétique son cinéma, sa bombe atomique, son prestige musical et ses principaux champions d'échecs des années 1940. Pourquoi ne continueraient-ils pas à jouer les entrepreneurs coloniaux à Berlin-Est, pour la plus grande gloire de Moscou ? Tout cela faisait table rase de ce qui s'était passé depuis les quarante ans de la fondation de la RDA : la persécution antisémite des dernières années de Staline en 1951-1953, la montée en puissance de l'antisémitisme populaire russe, encouragée sous Khrouchtchev, et de mieux en mieux tolérée par l'entourage sénescent de Brejnev, la rupture des relations diplomatiques avec Israël en 1967, et la quasi-expulsion des juifs communistes de Pologne qui lui succéda, et, depuis lors, la mise au pinacle du nationalisme arabe le plus fruste, conduisant pour finir à la collusion des services de l'empire soviétique avec le terrorisme extrême, arabe et européen (groupe Carlos, Brigades rouges italiennes et Fraction armée rouge allemande).

Or tout cela se faisait dans un monde, le nord de la planète, qui retrouvait peu à peu les voies de l'apaisement qui avaient été les siennes dans l'immédiat après-guerre, et où les partis communistes de l'Occident (Japon compris) aspiraient à se « social-démocratiser » pour de bon. Eh bien, en ces jours-là, entre 1979 et 1985 environ, les juifs communistes allemands, d'une seule voix, s'exclamèrent : « Cela suffit », en russe bien sûr « *Khvatit* ». Et Mischa Wolf, le dernier des Mohicans, qui était le chef de leur grosse famille élargie, fut paradoxalement celui qui alla le plus loin, et marqua avec son livre et ses sorties publiques cette rupture définitive dans l'ordre symbolique. Bientôt, Kurt Hager demanderait, à la surprise de tous, la démission immédiate de Honecker en plein bureau politique, début octobre 1989, et le général Goldberg ferait savoir à ses chefs que le *Schiessbefehl*, l'ordre de tirer à vue, serait inapplicable, en cas de crise majeure, par la troupe des conscrits de la NVA. Je pense à ce pauvre Horst Brasch et à ses parades aux flambeaux dérisoires. Mon oncle, qui l'avait connu dans leur mutuel exil britannique, avait un jour lâché, dédaigneux : « Celui-là aurait bien voulu en être », « *Er wolte mitmachen* » (sous-entendu du parti nazi).

Eh bien, en ces jours-là, le *mitmachen* était fini, et ce qui intimidait le plus les chefaillons de cette RDA, désormais condamnée à mort, c'était le frisson de supériorité morale et politique que Wolf avait fait passer sur la tête de Honecker : « Raconte ce que bon te semble, tu n'oseras ni ne pourras me toucher, car c'est moi le général soviétique, et à présent toi et Mielke allez passer la main. Nous cessons, à partir de maintenant, de persécuter tes compatriotes allemands comme si tous étaient par essence des nazis en puissance, et la RFA une dictature à la Pinochet, qui ne dirait pas son nom. »

Les Infortunes de la vertu de Sade, « version Sans-Souci » de Frédéric II, c'en était fait. « Et toi, Honecker, qui es rentré dans ta prison nazie en 1945 par peur de la liberté, tu seras congédié comme un larbin par mes amis de Moscou. Peut-être iras-tu même rejoindre dans le monde impérialiste ta chère fille qui préfère vivre au Chili, à l'autre bout de la planète, loin du premier État ouvrier et paysan sur le sol allemand. »

Fantasme que cette prosopopée, de Mischa Wolf assurément, à ce petit détail près que Honecker destitué, ses deux éphémères successeurs seront nécessairement Egon Krentz, son numéro deux à l'aryanité immédiatement douteuse, et Gregor Gysi, le porte-drapeau de la jeune génération contestataire juive ; les deux parents de ce dernier avaient servi dans le renseignement soviétique, l'Orchestre rouge. La rupture symbolique avec la RDA oppressive qui pactisait avec le terrorisme antisémite était bel et bien accomplie, mais trop tard pour la sauver.

La « Troïka » fut donc ce grand frisson de la fin, qui passait comme une étoile filante dans le ciel noir de la RDA de l'été 1987. Sans sous-estimer ici l'audace personnelle de Wolf, il eût été impensable que l'ancien chef de la HVA fût ainsi passé à l'offensive sans un quelconque appui à Moscou, où l'entourage du défunt Andropov, en l'occurrence le chef du service des renseignements extérieurs, Kryoutchkov, exerçait désormais à nouveau une influence décisive sur Mikhaïl Gorbatchev, qui, un temps, aurait voulu encore jouer cavalier seul en affirmant sa totale originalité. On peut donc considérer cet exploit littéraire de Wolf pour ce qu'il est réellement, une sorte de prélude orchestral à ce grand opéra bouffe de 1989, où des foules jusque-là muettes allaient tout à coup avec l'autorisation de Moscou envahir la scène publique. Enfin.

5

L'engrenage final

À quel moment Moscou a-t-il décidé de frapper en plein cœur la direction politique de la RDA et ainsi de bouleverser tout l'ordre européen ? Gorbatchev arrive au pouvoir en 1985, à la mort de Tchernenko, et, à ce moment-là, nous l'avons vu, il considère encore Honecker et sa direction à Berlin-Est comme des partenaires respectés et indispensables. Il tient quelque peu en lisière l'entourage d'Andropov, trop lié à son goût au KGB et à ses incessantes conspirations, et va même, au congrès du Parti qu'il tient peu après son avènement en 1985, éloigner le patron de l'Azerbaïdjan Haïdar Aliev, un proche d'Andropov, qui aurait dû devenir Premier ministre de l'Union soviétique, sans la mort précoce de son protecteur et l'éphémère consolidation du brejnévisme par Tchernenko et Gromyko. À cette même période des débuts du règne de Gorbatchev, l'insistance principale et prioritaire est mise sur les relations avec les États-Unis, ce que symbolise bien l'arrivée au Comité central du Parti de l'éternel ambassadeur à Washington, Anatoly Dobrynine[1], comme responsable de la politique extérieure du Parti.

Puis la catastrophe de Tchernobyl, au printemps 1986, et le succès des négociations nucléaires avec Reagan à l'automne entraînent la rupture quasi officielle de Gorbatchev avec son opposition néostalinienne qu'il avait jusqu'alors quelque peu ménagée, et qui lui laissait en retour le bénéfice du doute. C'est l'année 1987 qui marque ici le grand tournant, mal perçu des observateurs occidentaux : de ce moment se constitue, d'abord à Moscou avec le deuxième secrétaire jusque-là loyal, Egor Ligatchev, une opposition de principe, conservatrice, qui sera effectivement ligotée par la fidélité, déjà maugréante, du cœur du KGB andropovien à Gorbatchev. Coupée au milieu de 1987 du soutien de son centre moscovite, l'opposition conservatrice communiste persiste pourtant avec

1. Ingénieur aéronautique envoyé pour la première fois aux États-Unis pendant la guerre pour y mettre sur pied une éphémère coopération technologique, Anatoly Dobrynine devenu grand spécialiste de l'Amérique deviendra ambassadeur à partir de 1960. Son rôle important dans la résolution de la crise des missiles à Cuba en 1962 le rend quasiment inamovible aux yeux du Kremlin. Ce n'est qu'en 1985 que Gorbatchev le rappellera, après un quart de siècle, à Moscou et en fera son conseiller personnel en matière de relations avec les États-Unis.

vigueur dans quelques-uns de ses fiefs extérieurs, tels que La Havane, Sofia, Prague et surtout Berlin-Est. C'est de ce moment – fin 1986, début 1987 – que l'on peut dater très précisément la nouvelle résolution de Gorbatchev d'en finir avec l'opposition du parti communiste est-allemand, la seule sérieuse en comparaison des tueurs verbeux de Cuba, des « concombres » (sobriquet dont le peuple les avait affublés) méprisés de Tchécoslovaquie ou des gangsters pseudo-assagis de Bulgarie. Car Honecker, comme effectivement Ulbricht en son temps, se croit encore tout à fait protégé par le caractère stratégique irremplaçable de son État, sans lequel tout irait à vau-l'eau dans l'empire soviétique. Dans cette divertissante tragédie, il se trouve que Honecker, malgré sa bêtise réputée, dont on rit bien volontiers dans l'entourage de Gorbatchev, a pourtant tout autant raison ici que ses adversaires libéraux : toucher à sa tête, c'est atteindre dans un même mouvement tout le précaire équilibre de l'Europe de l'Est. Inversement, Gorbatchev ne peut non plus tolérer qu'un « satrape », si important soit-il, prononce des philippiques devant ses cadres intermédiaires, telle celle-ci : « Malgré Gorbatchev et sa *perestroïka*, grâce au ciel, l'Union soviétique demeure une grande puissance. » La collision devient ainsi inévitable. L'impossibilité de concilier, autant que l'exactitude relative de l'analyse stratégique de ces deux camps opposés, conduit ainsi au choc que personne ne peut dès lors éviter, entre Moscou et ses propres employés est-allemands. La collision sera d'abord fatale à Honecker, mais l'Union soviétique ne maîtrisant plus son offensive sera bientôt touchée, plus qu'elle ne l'eût jamais imaginé, par le choc en retour. Mischa Wolf, qui a bien compris le déroulement de l'affrontement, joue donc son va-tout au début de 1987, en phase avec la conjoncture russe, mais aussi en jouissant de l'appui total du Premier Directorat du KGB, celui de Kryoutchkov, le renseignement extérieur, lequel est entre-temps redevenu indispensable à Gorbatchev. Une relève antistalinienne à Berlin-Est pendant qu'il en est encore temps peut seule – ainsi le pense-t-on à la Loubyanka – enrayer le choc fatal.

L'hiver 1987 est donc le point de départ de la décision soviétique d'opérer chirurgicalement l'Allemagne de l'Est. Sans cette décision, la publication de la « Troïka » de Mischa Wolf, et plus généralement l'agitation contestataire au sein de la société est-allemande, avec ce que cela suppose de « laxisme » des organes qui refusent de choisir leur camp, seraient impensables. Ici c'est Werner Grossmann qui s'implique pour Wolf en paralysant son chef Mielke.

Mais quand passe-t-on au plan opérationnel proprement dit ? Là aussi, nous disposons d'une date absolue : c'est l'hiver 1989, où un certain militant obscur, issu de la FDJ (la Jeunesse libre allemande), du nom d'Ibrahim

Böhme, qui est en réalité un major de la Stasi en service commandé, annonce l'existence, visant à sa légalisation, d'un « parti social-démocrate de la RDA », qui se propose de mener une « opposition constructive » et demande l'aide politique du parti frère de l'Ouest. Au même moment, le chef du pseudo-parti libéral, légal celui-là, Manfred Gerlach, se souvient de leur commune jeunesse à Halle en 1945-1946, avec le ministre des Affaires étrangères de Bonn, lui aussi libéral, Hans-Dietrich Genscher. Là encore, ce sera pour lui faire quelques avances, un peu imprudentes. Ces opérations, qui sont montées par Grossmann au HVA, avec la pleine approbation de Wolf, sont donc les premières salves de la bataille proprement dite : les organes n'obéissent déjà plus à Honecker ni à Mielke, mais directement à Kryoutchkov. En revanche, l'infiltration de mouchards, tel Sacha Anderson, que Biermann [1] traite publiquement de « trou du cul » en 1989, dans la bohème berlinoise, appartient à une période politique antérieure (vers 1985) où il s'agissait de contrôler l'émergence d'une opposition par ailleurs balbutiante et peu cohérente, celle de Barbel

1. Le grand poète et chansonnier de la RDA, fils d'un communiste juif de Hambourg, Wolf Biermann s'oppose ouvertement au régime, après l'écrasement du Printemps de Prague de 1968. Il part bientôt pour l'exil en RFA où il devient un dénonciateur acerbe du communisme est-allemand et, après 1989, un défenseur intrépide de l'État d'Israël.

Böhley[1] et de ses amis. Au même moment, fin de l'hiver 1989, les négociations de la table ronde s'ouvrent à Varsovie, entre Jaruzelski et les dirigeants de Solidarnosc. La machine est donc bel et bien en route.

À MOSCOU : INCERTITUDE MAJEURE SUR LA STRATÉGIE

Mais, entre ces deux dates, un phénomène quelque peu inattendu se déroule à Moscou, et nous permet de penser qu'une nouvelle fêlure au sein de la direction soviétique va introduire un élément de complexité à terme fatal, dans l'opération initialement conçue par Kryoutchkov avec Mischa Wolf, c'est-à-dire la famille reconstituée d'Andropov.

Dans un système alors fondé sur l'unanimité de façade, tel qu'il fonctionne encore *a minima* en Union soviétique en 1987-1989, le pluralisme nécessaire au débat politique parmi les instances dirigeantes est assuré par des instituts de recherche, qui, malgré le contrôle final du Parti, disposent d'une certaine autonomie idéo-

---

1. Écrivain et membre de la bohème artistique dissidente de Prenzlauerberg, Barbel Böhley prend la tête d'un petit mouvement contestataire, de tendance socialiste, qui pourtant ne réclamera jamais le « droit de voyager », c'est-à-dire la chute du Mur. La plupart de ses camarades rejoindront les verts après 1989. Elle-même ne jouera plus aucun rôle politique.

logique, et peuvent ainsi lancer des ballons d'essai en direction des hautes instances. Or, ici, l'apparition de deux textes très structurés à l'automne 1987 nous donne cliniquement l'exacte mesure des divergences qui sont en train de sourdre au sein même du camp réformateur : l'un est un article d'Oleg Bogomolov paru dans la revue du parti, *Kommunist*, en septembre ; l'autre est un rapport présenté en novembre par un de ces experts, Viatcheslav Dachytchev, employé d'un grand institut au ministère des Affaires étrangères, l'Institut d'économie du système socialiste mondial.

Oleg Bogomolov est un pur produit de la nomenklatura proche du KGB. Son père n'était autre que l'ambassadeur de Staline à Vichy, qui deviendra après juin 1941 le représentant de l'Union soviétique auprès de la France libre, à Londres puis à Alger. Proche de Molotov, mais aussi de Beria avec lequel il avait travaillé la main dans la main au recrutement clandestin de nombreuses personnalités françaises à Alger essentiellement, Bogomolov père a eu vite fait de propulser son brillant fils dans l'entourage d'Andropov, lorsque celui-ci dirigeait au Comité central le département étranger socialiste, chargé essentiellement du bloc de l'Est. Promu instantanément avec l'avènement d'Andropov, Oleg Bogomolov dirige le puissant Institut d'économie du système socialiste mondial auprès de l'Académie des sciences, dont la finalité n'est autre à présent que de critiquer vertement les méthodes dépassées de la planification centralisée, au nom des expériences réussies de libéralisation, que ce soient l'autogestion yougoslave, la régulation par le marché à la hongroise, et de plus en plus explicitement les succès impressionnants du capitalisme d'État chinois, dont Moscou commence à se rapprocher, depuis 1986 environ.

Là, Bogomolov abat son jeu, qui n'est autre que celui de toute l'école andropovienne. Contre l'idée en cours un peu facile, notamment dans l'entourage de Gorbatchev, selon laquelle chaque pays socialiste devrait choisir sa propre voie, pourvu qu'il n'importune pas l'Union soviétique en pleine réforme, Bogomolov réclame lucidement un alignement généralisé de tout le bloc sur la *perestroïka* moscovite. Il s'agit quasiment, dira le soviétologue canadien Jacques Levesque [1], d'une réaffirmation, cette fois-ci libérale, de la célèbre doctrine brejnévienne de la « souveraineté limitée [2] ». À bien comprendre Bogomolov,

1. Jacques Levesque, *1989, la fin d'un empire*, Paris, Presses de Sciences Po, 1995.

2. Cette doctrine, jamais complètement énoncée, fonctionne néanmoins très explicitement, pour tous les pays du bloc, hormis la Roumanie, à partir de 1969. Désormais, il est tacitement entendu que tous les pays de l'Est doivent pratiquer des stratégies internes et internationales cohérentes avec celles de l'Union soviétique sous peine de voir celle-ci intervenir – le cas échéant militairement – pour rétablir la solidarité de l'ensemble. On ira même jusqu'à tenter, expérimentalement, de rattacher intégra-

il ne doit plus, à terme, y avoir de place, dans la confédération postsoviétique en train de naître, ni pour les anonymes dirigeants tchécoslovaques, ni pour Jivkov, ni pour Ceausescu… Mais ni non plus pour Honecker et Fidel Castro. Dans son ambition, ce « programme Bogomolov », qui n'est autre que celui de Mischa Wolf et de Kryoutchkov, dépasse en fait l'entourage de Gorbatchev sur sa « gauche » autant que sur sa « droite ».

Sur sa gauche, évidemment, puisque, loin de brader l'empire, il espère même le renforcer et le sauver, en rapprochant les directions politiques communistes de leurs peuples respectifs, et en restaurant l'ensemble sur deux piliers raffermis : un pacte de Varsovie purement militaire, respectueux des diversités nationales, et un Comecon appelé à devenir, en miroir de Bruxelles, un espace d'intégration économique ouvert à l'économie de marché à la chinoise qui serait tout à fait comparable en taille à l'espace chinois de l'époque. On voit bien la mise en œuvre de cette stratégie, tout d'abord dès la table ronde polonaise de l'automne 1998 où les dirigeants de Solidarnosc peuvent former un « gouvernement de transition », en échange de leur acceptation explicite des principes du pacte de Varsovie, on la verra encore à l'œuvre quelque

lement la Bulgarie à l'Union soviétique, unis dans le silence officiel le plus total. Gorbatchev abandonnera officiellement toute référence à cette doctrine Brejnev de la souveraineté limitée, dès son avènement en 1985.

temps encore en Bulgarie et en Roumanie, après la chute de leurs tyrans locaux respectifs, à l'automne 1989.

Mais sur sa « droite » aussi, le dépassement s'effectuait très clairement pour autant qu'un Gorbatchev beaucoup plus hésitant, oscillait encore entre une politique « à la Raymond Cartier » – « tout pour la seule Union soviétique, et que les autres se débrouillent seuls » – et une inclination vers un *statu quo* prolongé, là ou cela paraissait encore possible, qui lui épargnerait quelques mécomptes supplémentaires, voire quelques difficultés insurmontables.

Or c'est en partie pour contrer cette solution maximaliste du KGB, dont elle ne partage déjà plus les ambitions stratégiques, à ses yeux excessives, que l'aile marchante du groupe gorbatchévien, c'est-à-dire l'idéologue en chef Alexandre Yakovlev, le père de la *glasnost*, et le ministre des Affaires étrangères le Géorgien Édouard Chevardnadze, vont proposer de restreindre la manœuvre d'envergure à la seule Allemagne, avec des objectifs là aussi moins ambitieux et plus resserrés. L'instrument de ce « groupe des deux » Yakovlev / Chevardnadze sera Viatcheslav Dachytchev, un des meilleurs chercheurs de l'Institut de Bogomolov, et vraisemblablement, en raison de son coup d'audace calculé, un candidat *in pectore* de Chevardnadze lui-même à la direction de tout le secteur est-européen. Dachytchev en effet n'y allait pas par quatre chemins, et son rapport, réservé initialement à la direction politique, trouvera rapidement le chemin de l'hebdomadaire ouest-allemand *Der Spiegel* quelques mois plus tard. Pour le chercheur russe, la RDA sous sa forme actuelle constituait un obstacle permanent et spécifique à la poursuite des réformes, à Moscou comme à la périphérie. Elle empêcherait par exemple l'évolution souhaitable du Comecon en un marché déplanifié et concurrentiel, elle justifierait par ailleurs la création progressive d'une armée ouest-européenne à base franco-allemande, garantie par une dissuasion nucléaire non plus américaine, mais franco-britannique. Bref, la persistance de l'Allemagne de l'Est constituerait un blocage ici plus décisif encore, de l'ambition gorbatchévienne de créer une « maison commune européenne », dont les États-Unis ne seraient pas partie prenante. Certes, ajoutait-il, le choc d'une fin de la RDA serait spectaculaire, mais Pologne et Tchécoslovaquie, convenablement réformées, ne pourraient alors que se rapprocher de Moscou pour équilibrer cette brusque remontée de la puissance allemande qu'elles redoutent encore, tandis que France et Angleterre, abandonnées par le retrait désormais inéluctable des forces américaines d'Allemagne, pourraient être induites à rechercher vers Moscou une compensation diplomatique tacite à la nouvelle présence allemande dans les affaires européennes.

Par ailleurs, la première étape du renversement de la RDA aboutirait pour commencer à une « confédération allemande », dans le respect initial de la souveraineté des deux États, et de leurs engagements internationaux respectifs. Mais Dachytchev ne faisait pas non plus mystère du fait que cette étape intermédiaire ne pouvait qu'aboutir à terme à une réunification politique complète de l'espace allemand, objectif au regard duquel la neutralisation de l'ensemble et la dissolution subséquente de l'OTAN seraient un prix à payer tout à fait raisonnable. Tout cela aboutirait évidemment à la chute de Helmut Kohl et au triomphe des conceptions neutralistes d'une social-démocratie alliée des verts, convenablement conduite vers ce but ultime par l'allié Lafontaine ; mais sans donner à cet objectif la priorité qu'il revêtait dans le plan Andropov défendu encore par Bogomolov sous sa forme maximale.

Par-delà les points de convergence, on discerne aussi les importantes divergences entre ces deux visions, nées en même temps à Moscou dans le même Institut. Si l'unification-neutralisation de l'Allemagne est sans doute admise comme objectif à long terme par Bogomolov (c'est-à-dire le KGB), celle-ci passe d'abord à ses yeux par la consolidation et la réforme en profondeur du bloc soviétique dans son ensemble, dont la RDA est un atout trop important dans l'immédiat pour être sacrifié si vite sur l'autel de l'unité allemande. L'Allemagne de l'Est devra simplement, de lanterne rouge de la libéralisation dans le bloc soviétique, passer au premier rang de celle-ci, et conduire le dialogue avec l'Occident au lieu de le subir. Chez Dachytchev au contraire, derrière le verbiage neutraliste exagérément optimiste au demeurant (ni Kohl, ni les États-Unis ne s'effaceront si facilement et cela Dachytchev et ses sponsors Chevardnadze et Yakovlev le savent pertinemment), on sent la tentation de tout lâcher en Allemagne le plus vite possible, pour lever sans délai les contraintes économiques que subit l'Union soviétique elle-même, et instaurer ainsi le mouvement historique de son « primat de la politique intérieure ». En lançant pour l'Afrique du Nord le concept d'« indépendance dans l'interdépendance », Edgar Faure, en 1953, ne faisait pas autre chose que Bogomolov. On sait que, quelques mois plus tard, Mendès France allait simplifier considérablement l'équation, en accordant inconditionnellement l'indépendance à la Tunisie et au Maroc, la « variante Dachytchev » dans sa pureté. En Allemagne de l'Est, Gorbatchev, après des années d'hésitations et d'aboulie véritable, ne devait pas faire autre chose. Mais sans avoir vraiment assumé un tel tournant ni compris ses inévitables conséquences.

Mais, sur le terrain, la « discorde chez l'ennemi » fera son œuvre, ainsi que le jeune commandant de Gaulle avait tenté de le montrer dans le cas de l'état-major allemand de 1917-1918, déjà déchiré entre deux ordres incompatibles de priorité stratégique. Si l'objectif était en effet d'aller jusqu'au bout de la crise allemande, n'était-il pas dangereux de la faire mûrir en simultanéité avec le bouleversement de l'Europe de l'Est ? Et si ce bouleversement ne pouvait plus désormais être éludé à partir de la table ronde polonaise, n'eût-il pas été plus sage de placer l'Allemagne de l'Est en attente, après que plusieurs autres crises plus faciles à gérer eurent été désamorcées ? Jamais, à notre connaissance, ce débat ne fut mené jusqu'au bout à Moscou. Mais sans trop l'avouer, Gorbatchev, pressé par Yakovlev et Chevardnadze, arbitrait chaque jour davantage en faveur d'un lâchage pur et simple du Berlin-Est de Honecker.

On remarquera d'emblée que la crise de l'automne 1989 prend d'abord la première direction, celle de Bogomolov – priorité à la Pologne et à la Hongrie – pour finir par accélérer dans la seconde partie – ouverture immédiate et non négociée du mur de Berlin contrairement aux aspirations initiales à négocier à un prix le plus élevé possible la transformation de la RDA. L'existence au sein du même groupe dirigeant des deux conceptions rivales n'allait certes pas faciliter les choses sur le terrain. Elles expliquent les incohérences de la stratégie d'ensemble, suivie, comme d'habitude, avec hésitation par un Gorbatchev qui maîtrisait de moins en moins bien l'authentique complexité de la situation.

Mais, avant cela, il nous manque encore deux facteurs d'accélération et de confusion, qui vont se manifester à la fin du printemps 1989.

Tout d'abord, des nouvelles de plus en plus inquiétantes de la situation économique en Union soviétique même. Voici le premier.

Nous avons ici raisonné, comme dans les grands ouvrages de vulgarisation cosmologique, sans la moindre intervention des mathématiques, en tout cas des chiffres. Or ceux-ci sont exécrables : dans sa hâte de réformer et de décentraliser l'appareil économique proprement dit, Gorbatchev a en effet, dès le début de 1988, déclenché une véritable catastrophe : émancipées du centre, les entreprises désormais autogérées ne paient plus leurs impôts et asphyxient l'État, sans pour autant réorienter leurs objectifs de production [1]. Désormais, la situation devient suffisamment sérieuse pour nécessiter plusieurs injections successives de subventions directes de l'Occident. Helmut Kohl, qui dispose sur le terrain d'un excellent ambassadeur d'origine balte et parfait russophone en la personne de Wilhelm Meier-Landhuit, n'est pas le dernier à le comprendre, et très vite fera savoir à Gorbatchev qu'il est prêt à mettre le crédit de la RFA au service de l'économie soviétique, pour peu que les choses évoluent favorablement à Berlin-Est. Cette dis-

1. Situation analysée avec prescience par Marshall Goldman.

crète mais très prégnante position allemande ne laisse pas d'influencer les plus libéraux et les plus alarmistes des gorbatchéviens : accélérer le mûrissement de la crise pour s'entendre stratégiquement avec les Allemands, avant que la montée des périls ne favorise un retournement de situation intérieure à Moscou. Ici, le projet de démantèlement, qui avait commencé dans l'arrogance et le « vertige des succès » gorbatchéviens, évoluait chaque jour davantage, en 1988-1989, vers un alarmisme politico-économique, qui commandait de lâcher du lest par rapport aux ambitions initiales du KGB – la doctrine Bogomolov et d'aller, la rhétorique défensive en moins, dans le sens prôné par Dachytchev, et en fait par Chevardnadze et Yakovlev.

Et en second lieu, il faut aussi rappeler qu'au même moment, le groupe gorbatchévien est également frappé de plein fouet par les retombées de la crise chinoise de Tien Anmen de mai-juin 1989. Au printemps 1989, en effet, Gorbatchev devait accomplir un voyage triomphal en Chine, qui aurait dû achever très spectaculairement la réconciliation, on l'espérait définitive, des deux géants du communisme. Mais, comme dans le célèbre jeu du carré magique, cette réconciliation Moscou-Pékin retombe toujours sur des difficultés imprévues et des incompatibilités croisées, qui finissent par la rendre impraticable.

Lorsque Mao, au début des années 1960, cherchait chaque jour davantage à aggraver les termes de ses divergences avec les Soviétiques, une conjonction des meilleurs communistes chinois et des pires soviétiques fut à deux doigts d'enrayer la brouille : les plus anciens compagnons de Mao, Liu Shaoshi[1] et Deng Xiaoping[2], inquiets de l'évolution anarchisante de leur chef, avaient souhaité mettre un terme aux polémiques stériles avec les Soviétiques et apaiser les esprits en se concentrant, par exemple, sur l'aide commune au Vietnam communiste. À Moscou, c'étaient au contraire les doctrinaires néostaliniens, dont le chef n'était autre que le président du KGB Chelepine, qui, une fois Khrouchtchev renversé en 1964, souhaitaient réhabiliter ouvertement Staline à Moscou et tendre la main, dans un même mouvement, à Pékin. Or Mao empêcha d'agir ses lieutenants modérés, aussi efficacement que Brejnev allié pour la circonstance à Andropov, barrera la route aux purs nostalgiques de Staline. Le conflit sino-soviétique repartait ainsi de plus belle, dès 1965, pour ne commencer à s'apaiser que vingt ans plus tard.

---

1. Président de la République et quasiment numéro deux du régime après 1959, Liu Shaoshi avait tenté de freiner les initiatives de Mao dans tous les domaines. Il considérait l'apaisement des tensions avec Moscou comme l'un des éléments d'une stratégie de relèvement modéré de la Chine. Il paiera ce choix de sa vie pendant la Révolution culturelle.

2. Deng Xiaoping, secrétaire général du parti communiste et dauphin officieux de Mao, avait fini, lui aussi, par critiquer Mao et favoriser une détente avec Moscou. En 1978, il engagera enfin la Chine dans la voie des grandes réformes, mais cette fois-ci en alliance avec Washington et non avec Moscou.

À nouveau au début des années 1980, la même situation se représente, avec une complexité supplémentaire, due au changement de polarité. Ce sont en effet, cette fois-ci les pires des dirigeants chinois, les plus hostiles à la démocratisation et à l'ouverture vers l'Occident, qui veulent faire alliance avec l'Union soviétique où, au contraire, Gorbatchev et ses amis entendent tourner la page de l'hostilité à la Chine, parce qu'ils en admirent les réformes favorables au rétablissement du marché ainsi que l'entente pragmatique avec les États-Unis. Et, une fois de plus, c'est le patatras final. Gorbatchev vient sceller la réconciliation avec Pékin en pleine crise du régime : les étudiants partisans de la démocratie ont occupé le centre de la capitale et paralysé le gouvernement, tandis que le Premier ministre Li Peng, connu pour sa russophilie affichée, intrigue pour que soit chassé du secrétariat général du Parti le réformateur Zhao Ziyang, lequel cache à peine sa sympathie envers les jeunes manifestants. Présent pendant le début des troubles, Gorbatchev a du mal lui aussi à cacher, et pour les mêmes raisons fondamentales, la même sympathie pour les jeunes. De retour à Moscou, il condamnera, même si c'est avec une certaine discrétion, la répression ultérieure en Chine. Futur successeur de Deng Xiaoping à la tête du parti communiste chinois, Jiang Zemin traitera en réponse à l'offense Gorbatchev de « trotskyste », dans un débat très chaud à l'Assemblée chinoise. La réconciliation apparaît dès lors comme bien compromise. Mais pas elle seulement.

Car la fusillade de Tien Anmen aura aussi été appréciée chez tous les adversaires de la *perestroïka* en Union soviétique comme en Europe de l'Est, comme le coup d'arrêt trop longtemps attendu. À Berlin-Est en particulier, Erich Honecker (mais c'est aussi le cas de Ceausescu en Roumanie) affirme bien haut sa solidarité avec les dirigeants chinois, et réitère sa résolution à donner le *Schiessbefehl*, l'ordre de tirer sans sommation, en cas de troubles comparables en RDA. Il vient en fait de signer là son propre arrêt de mort, car un Tien Anmen à Berlin-Est n'est acceptable pour personne, en réalité. Mais il vient aussi de compliquer singulièrement la situation, en faisant de sa destitution un objectif non plus à terme mais immédiat en raison du danger de débordement non maîtrisable que désormais il incarne.

Car le complot initial, celui du KGB, était, au départ, de conception assez simple. À l'automne 1988, Kryoutchkov avait accompli un voyage secret en RDA pour y rencontrer des personnalités de la société civile, susceptibles avec Mischa Wolf de bâtir un gouvernement provisoire qui romprait symboliquement avec le passé : le physicien Manfred von Ardenne[1] –, le von Braun soviétique –,

1. Manfred von Ardenne, grand physicien allemand, travailla, sans pourtant adhérer au régime nazi, aux grands projets de

qui était passé de Peenemünde et des V2 d'Albert Speer à la fabrication des missiles les plus avancés pour Staline, dans la banlieue de Moscou à Kaliningrad, fut ainsi pressenti. Mais aussi le patron des usines Zeiss d'Iéna, symbole du *high-tech made in* RDA, le chef d'orchestre Kurt Masur [1] à Leipzig furent de la même manière sondés, tandis que le chef intègre et plutôt réformateur de l'arrondissement de Dresde, Hans Modrow [2], était encouragé à élever la voix contre Honecker.

Mais voici que les excès ponctuels et l'imbécillité fondamentale du numéro un créaient peu à

fusées de Hitler et d'Albert Speer, aux côtés de Wernher von Braun. Capturé par l'Armée rouge, il collabore aux grands projets soviétiques, notamment au *Spoutnik*, avant de pouvoir regagner l'Allemagne de l'Est, où il dirige depuis lors la recherche aéronautique. Devenu un partisan convaincu du socialisme, il devient néanmoins de plus en plus critique de la politique de Honecker, et entretient de nombreuses amitiés favorables à la *perestroïka* de Moscou.

1. Unique musicien de taille internationale, Kurt Masur dirigeait le plus grand orchestre symphonique du pays, le Genandthaus de Leipzig et avait toujours manifesté sa loyauté, malgré les nombreuses occasions de faire défection que ses nombreux voyages à l'étranger lui permettaient d'organiser assez simplement. Il jouissait d'une réelle aura et la mise de son orchestre au service de la libération du pays fut un grand coup pour le régime.

2. L'un des secrétaires territoriaux du SED à Dresde, Hans Modrow, un réformateur timide mais intègre fut recommandé dans le complot par Mischa Wolf. L'ambassadeur soviétique Kotchemassov multiplia les démarches afin qu'il visite Pékin, dès 1988, pour en faire le paladin d'une grande réforme économique « à la chinoise ».

peu un phénomène nouveau, et moins favorable qu'il ne semblait au premier abord. C'est ainsi en effet que l'on voyait aussi se porter volontaires pour le changement ceux qui avaient été jusque-là les plus proches de Honecker : le numéro deux du Parti, Egon Krentz[1], le chef des syndicats, le très corrompu Harry Tisch[2], et l'homme de liaison avec l'ambassade soviétique, Günter Schabowski[3], faisaient maintenant acte de candidature auprès de l'ambassadeur soviétique Kotchemassov pour piloter la mutation est-allemande désormais en marche. Ces hommes, le KGB ne les avait nullement inclus dans la conspiration parce qu'il les jugeait démonétisés au même titre que Honecker. Cette appréciation était évidemment juste. Et leur présence inspirée venait tout compliquer.

1. Fils d'un révolutionnaire du Komintern probablement juif et d'une ouvrière du textile de Poméranie, Egon Krentz, après avoir dirigé les Jeunesses communistes, le FDJ, est devenu au début des années 1980 le dauphin en titre de Honecker, destiné à lui succéder le plus tard possible. C'est un démagogue rigolard, mais sans envergure.

2. Grand chasseur et, grâce à cela, ami de bien des dirigeants soviétiques, Harry Tisch dirigeait dans le mépris le plus général les inexistants syndicats d'Allemagne de l'Est. Populaire néanmoins chez les cadres moyens, il avait tout seul fait acte de candidature auprès de l'ambassadeur Kotchemassov.

3. Silésien réfugié, qui, dans son enfance comprenait encore le polonais, Schabowski avait fait ses classes à Moscou et épousé une Russe très charismatique. Il était devenu, chemin faisant, le véritable homme de confiance de l'ambassade de l'Union soviétique. Il sera l'homme par lequel le Mur s'écroulera.

Les conditions du glissement de terrain étaient ainsi réunies : l'association dissymétrique, mais inévitable, des plus audacieux bradeurs de la RDA à Moscou, Gorbatchev et Chevardnadze essentiellement, et des réformateurs les plus réticents et les plus contestés à Berlin-Est, Krentz en particulier, ces derniers saisis par une tardive débauche que rien ne pouvait arrêter. Or il se trouvait que Gorbatchev n'ayant pas la patience d'attendre les résultats du savant complot, bien mieux préparé, de Wolf et Kryoutchkov, devenait intéressé par une issue immédiate : cette issue, Kreutz et compagnie pensaient pouvoir la fournir au Kremlin de plus en plus pressé d'agir par Helmut Kohl. Tout à coup, on passait du jeu d'échecs presque policé, conçu initialement par Markus Wolf avec Kryoutchkov, au chahut général accompagné de confusion et de hasard où convergeaient le pragmatisme de plus en plus haletant de Gorbatchev et l'opportunisme sans rivage de Krentz. Au passage, les tenants du complot initial, Wolf, Modrow et leur dauphin, le jeune Gregor Gysi, étaient dépassés par les événements, mais aussi par leurs rivaux opportunistes autour d'Egon Krentz, autrefois garde rapprochée sans états d'âme de Honecker. Au fond, cette fin quelque peu lamentable était aussi conforme à la logique : le dernier carré des croyants transis du KGB était à présent débordé de tous les côtés par des fuyards en panique, qui naguère encore les traitaient de bradeurs de l'empire et d'intrigants sans scrupule. C'est dans cette confusion générale que Kryoutchkov, l'exécuteur testamentaire d'Andropov, conçut haine et dépit de Gorbatchev pour son opportunisme et sa lâcheté et se résolut à rejoindre une conspiration de conservateurs authentiques pour le destituer. Il n'y parvint pas davantage en août 1991. Désormais, le communisme soviétique était cliniquement mort.

LE DÉNOUEMENT, LE CHAGRIN ET LA LIESSE

Le dénouement même est maintenant totalement intelligible. En Hongrie, la direction communiste réformatrice de Karoly Grosz et Imre Poszgay est sur le point d'aboutir dans ses tractations avec l'opposition du « Forum démocratique », parallèles à la table ronde polonaise. Mais pour gagner les premières élections libres qui se profilent, ces nouveaux dirigeants hongrois ont besoin d'argent, alors que la crise économique s'aggrave d'heure en heure chez eux aussi. Le secrétaire aux relations internationales, Gyula Horn [1], et le ministre des Affaires

1. Un des espoirs de l'ère Kadar, très favorable à un rapprochement global avec l'Allemagne et l'Autriche, tout en bénéficiant de l'appui de Chevardnadze à Moscou.

étrangères, Matyas Szürös[1], négocient alors en secret avec Helmut Kohl le démantèlement de leur portion du rideau de fer, début septembre, avec le feu vert de Gorbatchev et de Chevardnadze. Dans une Allemagne de l'Est chauffée à blanc par les provocations calculées du groupe Wolf et les menaces que l'on croit encore redoutables de Honecker et de Mielke, c'est alors l'irruption du premier phénomène de masse imprévu : à la frontière austro-hongroise, ce sont des milliers d'Est-Allemands qui se précipitent dans la brèche, début septembre 1989, tandis qu'à Prague, quelques semaines après l'interruption des visas pour la Hongrie à partir de Berlin-Est, des centaines de touristes est-allemands se réfugient dans les jardins de l'ambassade de RFA; la crise est ouverte. Elle a été délibérément assumée à Moscou, avec toutes les conséquences possibles, plusieurs mois auparavant. C'est en effet dès juillet 1989 que le chef de la section allemande du département international soviétique et ancien ambassadeur à Bonn, Valentin Faline, avait interrogé Markus Wolf, de passage à Moscou, sur les conséquences éventuelles d'une ouverture du mur de Berlin, ce que celui-ci n'avait jamais sérieusement envisagé jusqu'alors en tout cas dans un délai si rapproché.

1. Le plus brillant des nouveaux dirigeants hongrois, ancien ambassadeur à Moscou et protégé directement par Gorbatchev.

Mais voici que Gorbatchev avait décidé d'agir seul, et plus vite que ses amis du KGB. Il optait au dernier moment pour se rendre à Berlin-Est début octobre 1989, pour la surréaliste célébration du quarantième anniversaire de la RDA. Là, à la face d'un Honecker défait, il lance la désormais célèbre apostrophe : « La vie se charge de punir sans délai ceux qui prennent du retard. » Diffusée immédiatement par la presse soviétique, cette déclaration de Gorbatchev fait l'effet d'une bombe, et précipite dix jours plus tard la destitution de Honecker, le 17 octobre, par un vote d'un bureau politique déjà tétanisé et acquis à Egon Krentz, et libéré de ses remords par l'intervention du patriarche Kurt Hager, sympathisant discret de Mischa Wolf. Jusqu'ici les masses populaires, pour ne pas parler des opposants politiques, ne sont pas intervenues de la même manière. La révolution par le haut a été provoquée par des décisions de Moscou, par le désordre à la direction est-alllemande et par la volonté de liberté de déplacement de plusieurs milliers d'Allemands de l'Est anonymes. Ce n'est pas le Serment du Jeu de Paume, encore moins la prise de la Bastille. À Bonn, Helmut Kohl assiste incrédule à un effondrement qu'il n'avait pas osé espérer.

Egon Krentz demeure à ce jour un personnage mystérieux : l'identité de son père, qu'on savait avoir été un révolutionnaire important, est demeurée cachée à ce jour. Déclaré de père inconnu à sa naissance en 1936, il sera élevé par sa mère, une ouvrière du textile de Poméranie : le stratagème était courant dans le IIIe Reich : un enfant déclaré sans père, si celui-ci était juif, échappait aux lois raciales, ce qui fut le cas du jeune Egon. Par la suite, la main secourable de la vieille génération ne cesse de le pousser de plus en plus loin, dans la direction des Jeunesses, la FDJ, jusqu'à la position de numéro deux du Parti, au début des années 1980, ce qui confirme l'importance historique possible de son véritable père, sans doute dans l'appareil international. Jovial et brutal, à la manière de Georges Marchais en France, qu'il imita sans doute consciemment, Krentz s'est rapproché clairement de Moscou pendant l'été 1989 : il ne veut pas couler avec Honecker. Il coulera ainsi tout seul, trois semaines plus tard, mais avec lui toute la RDA et tout l'empire soviétique.

Se présentant en effet comme le nouvel acteur du changement, ce Romulus Augustule de farce ne fait que susciter davantage de suspicion dans l'opinion. Les manifestations de masse, dès lors, se succèdent à un rythme d'autant plus élevé qu'il paraît de plus en plus clair que les forces de répression ne feront pas usage de leurs armes, tandis que les troupes soviétiques demeurent soigneusement consignées dans leurs casernes et le font savoir, à leur manière. Commencées dans la Saxe rebelle, à Dresde et à Leipzig, les manifestations gagnent le pays tout entier, et bientôt Berlin-Est : 140 000 manifestants après la destitution de Honecker le 15 octobre, 540 000 dans tout le pays fin octobre, 1 350 000, notamment à Berlin – qui n'est déjà plus tout à fait Berlin-Est – les 7 et 8 novembre, où le malheureux Mischa Wolf fait sa première et dernière tentative d'apparition publique, pour se faire conspuer par une foule qui crie à pleins poumons : « À bas la Stasi ! »

Il ne reste donc plus que Krentz et ses amis, qui tiennent le contact avec le conseiller du prince Valentin Faline et Gorbatchev lui-même. Le 1er novembre, Krentz est au Kremlin où il apprend à Gorbatchev qui le savait déjà que la situation économique du pays est devenue tellement dramatique qu'il ne lui reste plus qu'à capituler en rase campagne face à Helmut Kohl. Bientôt sont annoncés en concertation avec les Soviétiques la tenue d'élections libres, le renoncement au rôle dirigeant du SED, l'ouverture de négociations économiques avec la RFA... Et, aspect important mais nullement mis en valeur dans cette kyrielle de capitulations successives, la libéralisation immédiate des autorisations de voyage. Schabowski, le plus proche associé de Krentz mais aussi le dirigeant est-allemand le mieux en cour à l'ambassade soviétique et donc indirectement chez Gorbatchev, tient alors, au soir du 9 novembre, une conférence de presse presque improvisée, où ces mesures d'urgence sont détaillées aux correspondants étrangers. À la question d'un journaliste italien – le correspondant de la *Republica* – qui lui demande dans quels délais ces mesures deviendront effectives, Schabowski, sans doute dans un effet de manches qui vise à convaincre ses interlocuteurs de l'effectivité du grand tournant, répond carrément : « Tout de suite », alors que l'ouverture du Mur ne devait survenir qu'un jour plus tard et si possible dans le calme avec des autorisations signées des autorités en bonne et due forme. L'existence de cette consigne connue des principaux cadres, comme le caractère improbable de la réponse spontanée de Schabowski – qui est en fait un pur lapsus dû à l'émotion –, explique l'étonnante passivité des journalistes, assemblés comme celle des gouvernements occidentaux, Kohl en tête, en voyage officiel à Varsovie, et qui ne comprend pas encore ce qui vient de se passer. Pourtant, aussitôt connue la nouvelle, propagée par les manifestations spontanées dans Berlin, on assiste à un raz-de-marée des deux côtés du Mur. Pour éviter tout accident, la police est-allemande se retire, elle ne reviendra jamais. L'Allemagne et l'Europe sont désormais libres, vivantes et, malgré la liesse de ce grand jour, confrontées dès ce moment à une longue et dure épreuve de reconstruction qui sera parfois bien amère. Jamais une révolution si considérable n'avait fait si peu de victimes, jamais non plus la contribution du peuple, ou des oppositions, n'avait été si faible, pour un bouleversement d'une telle ampleur.

L'histoire se remettait en marche par des voies tout à fait nouvelles et originales.

Conclusion

Nous ne pouvons conclure cet ouvrage sans essayer de prendre la mesure à long terme de la chute du Mur, tenter en un mot d'aller au-delà des conséquences de court terme pour nous tourner à présent, comme le souhaitait Hegel, du « bien connu » vers l'« inconnu », de la trame des circonstances peu à peu mises au jour vers les contours de notre monde, où le temps historique nous fait parfois entrevoir la structure de notre avenir.

Bien qu'il n'y ait pas de rapport causal entre les trois phénomènes, l'Europe continentale tout entière, celle de l'Ouest, franco-allemande, celle de l'Est, les Slaves de l'Ouest et les Balkaniques qui ont aujourd'hui presque tous rejoint l'Union européenne élargie, et l'Eurasie enfin, dominée non sans mal par la nouvelle Russie, ont entre elles un évident point commun : les trois Europes ainsi définies sont entrées en déclin accéléré au lendemain de la chute du Mur qui aurait dû être pour elles une épiphanie de la liberté.

Déclin démographique tout d'abord, partagé par tout le monde, Allemagne et Russie en tête, et compensé, çà et là, par la population immigrée du sud de la planète, comme en France notamment, mais même en Russie dès aujourd'hui.

Déclin économique très fort dans les années 1990, particulièrement occulté par les effets déflationnistes simultanés du passage à l'euro et de l'effondrement de l'économie industrielle soviétique, compensé, il est vrai, depuis 1998 environ, par la forte accélération provoquée par les effets de la mondialisation. C'est ainsi que s'ouvrent alors pour l'Allemagne un immense marché à ses exportations à l'Est et pour la Russie une phase de croissance longtemps régulière et inexorable du prix de ses matières premières.

Néanmoins, la croissance moyenne de toute la région, malgré quelques efforts de rattrapage spectaculaire en Espagne comme en Pologne, est demeurée très inférieure à la croissance de l'Amérique (en moyenne de 2 %, contre 4 % environ outre-Atlantique), et bien sûr à celle de la Chine (plus de 10 % en moyenne décennale).

Décadence purement politique et culturelle enfin. Car ici, il ne s'agit plus de freinage lentement mûri et parfois endigué, mais d'un véritable effondrement qui est le résultat d'une ablation brutale, et imprudente sans doute, de tout le surmoi d'*un* monde. *Un* monde et non *le* monde, car tout cela ne concerne en fait qu'un monde seulement, le monde européen. En renouant avec l'idéal confucéen d'une harmonie sociale dépendant d'un « bon gouvernement » n'hésitant ni à intervenir fortement dans l'économie ni à endiguer les libertés plutôt qu'à les supprimer d'un trait de plume, les citoyens de l'Asie à dominante chinoise ne se sont pas coupés de tout idéal politique, bien au contraire. Pour être inavouées, les controverses au sein du parti communiste chinois sont souvent plus vives et plus essentielles que la vie apparemment libre de nos partis politiques européens.

Issues les unes comme les autres d'une idéologie directement importée de la vieille Europe et recueillie par les diverses générations de *Libertadores*, les gauches sud-américaines de leur côté se battent également entre elles ; populistes autoritaires issus du péronisme argentin, dont le chef de file est le Vénézuélien Chavez, contre sociaux-démocrates libéraux qui s'y opposent au nom des idéaux légalistes d'un Romulo Betancourt au Venezuela, d'un João Goulart au Brésil dans les années 1950-1960. Au total, cette dure querelle, qui n'exclut pas violences et dangers, provoque tout de même une effervescence culturelle considérable, tandis que les fondamentalistes enfantins et pervers à la Fidel Castro peuvent là-bas encore espérer jouer à la planification socialiste autoritaire, comme si la chute du mur de Berlin n'avait pas eu lieu. Il est vrai que l'épopée d'un Bolivar, bien qu'elle s'inscrive dans la droite ligne de la Révolution française, est pour l'essentiel postérieure à l'effondrement de l'empire européen de Napoléon Bonaparte. L'Amérique du Sud nous ressemble, mais elle s'est déconnectée de nous dans le temps, presque toujours.

Quant à l'Amérique, si sa vie politique tend à se polariser dangereusement sur un axe droite-gauche qui, souvent, la paralyse et si sa culture de masse portée sur la violence gratuite et sa culture académique tendant vers le galimatias postmoderne éprouvent la tentation de s'éloigner de plus en plus l'une de l'autre, il y existe tout de même un fond commun de démocratisme égalitaire et individualiste, celui de Mark Twain, pour la résumer, qui aura permis, au moins pendant un temps, de cautionner Obama.

Dans le monde musulman, enfin, on a distinctement l'impression que les sociétés souffrent d'un trop-plein d'idéologie, d'un attachement très névrotique à un passé idéalisé et transfiguré qui « ne passe pas », presque le cas inverse du nôtre, en somme. Ce n'est donc que dans nos trois Europes continentales que la « révolution du nihilisme » bat aujourd'hui son plein, comme si notre civilisation était restée sans voix devant le triomphe d'une liberté dont personne n'avait vraiment mesuré les conséquences véritables, à Paris comme à Prague, à Berlin comme à Moscou.

Pour comprendre cette chute actuelle de la civilisation européenne, il nous faut revenir un peu en arrière, avant cette grande illusion que la « révolution par le haut » de 1989, dans les années 1953-1968, entre la mort de Staline et l'avènement des jeunes du baby-boom, où aura fonctionné au contraire un véritable « âge d'or » européen, malgré et avec le mur de Berlin. Âge d'or ? Mon ami le grand historien communiste britannique Eric Hobsbawm [1], qui s'était risqué à l'évoquer de manière explicite dans un livre un peu autobiographique consacré au « court XXe siècle », ne manquera pas d'être, en France, conspué et puni d'avoir trop franchement retracé ces années de grandes espérances : les éditions Gallimard se refusèrent à le traduire et, pire encore pour sa crédibilité intellectuelle, les communistes conservateurs du *Monde diplomatique* l'adoptèrent comme un prophète de la « nouvelle pensée antimondialiste ». Or, chez Hobsbawm, outre la nostalgie bien compréhensible d'années créatives et prospères où ses idées communistes à forte coloration démocratique commençaient à être bien acceptées en Angleterre, le propos était tout autre : ni stalinien

1. Historien marxiste de la Révolution industrielle, Eric Hobsbawm appartient au milieu intellectuel de la gauche de Cambridge avant-guerre, et devient peu à peu le plus grand historien britannique de l'époque contemporaine, tout en militant au parti communiste. Proche du PCI, il fut le conseiller écouté de plusieurs dirigeants travaillistes, notamment de Neil Kinnock.

nostalgique ni antimondialiste à proprement parler. Il s'agissait en réalité de constater simplement que ces années avaient été, à l'ouest comme à l'est, pour Hobsbawm, celles du plein-emploi, de la démographie forte, des identités stables, de la décolonisation et de la déstalinisation, que les jeunes générations communistes, en France particulièrement, unissaient dans un même souffle, et puis aussi d'une culture contestataire et exigeante, l'âge de Sartre et de Jaspers en philosophie, de Celan et de Montale en poésie, du jazz triomphant et des dernières symphonies de Chostakovitch en musique, des ultimes chefs-d'œuvre de Picasso et de Giacometti, des grandes heures du Festival de Cannes et, pour finir en feu d'artifice, « Prima della Rivoluzione de 1968 », du cinéma de Tarkovsky, et du Fellini de la maturité, du grand structuralisme de Lévi-Strauss et de Jakobson, de la flamme conquérante de la « sainte-trinité française », Foucault-Barthes-Althusser, et de la gouaille ravageuse du cinéma tchèque de Barrandov (Forman, Passer, Chytilova), des voix éraillées d'un Wolf Biermann en Allemagne de l'Est et d'un Vyssotsky en Russie, sans oublier évidemment l'orage salutaire que fut la levée sur l'horizon du monument Soljenitsyne.

Cette belle époque, inflationniste et aventureuse, clôturait ainsi brillamment un véritable cycle encore ouvert à bien des possibles, dont les retombées de plus en plus stériles de Mai-68, et l'entrée des chars soviétiques à Prague annonçaient la fin attristée, celle du socialisme à visage humain. Pas seulement celui de Dubcek à Prague, mais aussi le socialisme sans doute trop humain de toute cette génération de l'après-guerre commençaient à se craqueler en une vilaine grimace. Vingt ans plus tard, entre vagues terroristes à l'ouest et répressions désespérées à l'est, notre vieux monde européen basculait enfin, pour le meilleur, imaginait-on presque unanimement. Encore eût-il fallu récupérer en chemin ce qui avait été bel et bien perdu à l'issue de ces années d'« âge d'or » hobsbawmiennes.

Pourtant, le *post mortem* de cette période révolue nous livre ainsi un autre résultat que nous n'avions guère aperçu : les solidarités tacites qui alors réunissaient notre continent de part et d'autre du rideau de fer autour d'identités simples, peut-être parfois simplistes, mais souvent aussi bien supérieures, comme les films et les musiques de cette époque, aux œuvres de nos contemporains.

POURQUOI LA RÉGRESSION ?

Que se passe-t-il alors en Europe ? Staline était mort, et la perversion maoïste ne s'était pas encore appliquée à le réhabiliter aux yeux des intellectuels qui se voulaient encore révolutionnaires. À cette époque, Raymond Aron, influencé sur ce point par l'agent soviétique qu'était devenu le philosophe Alexandre Kojève, saluait la convergence des sociétés industrielles vers de plus en plus de bien-être et de liberté. Il avait ponctuellement raison. Certes, l'Allemagne de l'Est demeurait une casemate bien fortifiée, dont l'achèvement philosophique et architectural sera l'édification du Mur en 1961, mais tout de même presque sans effusion de sang. Depuis 1956, la Hongrie s'était relevée de sa récente tragédie plus tôt que prévu, et sous la houlette d'un pouvoir beaucoup plus débonnaire que ce que l'on pouvait initialement craindre. En Pologne et en Tchécoslovaquie, la libéralisation croissante avait donné la parole à de jeunes cinéastes contestataires comme Polanski et Forman, à des débats culturels de plus en plus ouverts et importants, d'où émergeaient la grande figure du philosophe rationaliste Leszek Kolakowski en Pologne et l'intervention publique d'une pléiade d'économistes réformateurs. L'Europe de l'Est tout entière tendait la main à la très relâchée Yougoslavie de Tito, laquelle accueillait déjà presque autant de touristes que l'Espagne de Franco. À l'ouest, une nouvelle génération socialisante émergeait en Allemagne avec la retraite d'Adenauer, appuyée sur l'immense succès du modèle social-démocrate scandinave. Et la France gaulliste alors à son apogée comme l'Italie démocrate-chrétienne dialoguaient, plus qu'on ne l'imaginait alors, avec leurs grands partis communistes respectifs, qui cherchaient à s'insérer dans une semi-opposition respectable et ouverte sur l'Union soviétique. En garrottant de temps à autre un opposant clandestin de gauche, comme le communiste Julian Grimau, Franco faisait même passer un dernier frisson d'héroïsme tragique sur une culture issue des Fronts populaires qui, grâce à la France, de Picasso et d'Aragon, de Malraux et de Le Corbusier, était pourtant en train de devenir une sorte de bien commun de toute la société européenne, par-delà toutes ses frontières. Et tout le bien-être nouveau, spectaculaire à l'ouest, encore timide mais bien réel à l'est, s'appuyait sur une Union soviétique encore assez fruste certes, à l'image de son chef Nikita Khrouchtchev, mais en forte croissance économique et démographique, capable de prendre la tête, quelques années décisives, de la course à l'espace et d'exporter à l'ouest une « culture du dégel », là encore essentiellement cinématographique, qui rassurait beaucoup sur son évolution possible.

Or tout cela tenait si bien grâce à un extraordinaire montage qui fut essentiellement le fruit du hasard ou encore de ce que Cournot[1] avait en son temps opportunément baptisé de « rencontre de séries indépendantes ».

Première série : la transformation de l'Union soviétique par extinction progressive de son mes-

1. Antoine Augustin Cournot (1801-1877), mathématicien.

sianisme extérieur. Depuis la guerre, le parti unique n'était plus une avant-garde terroriste campant au milieu de la société, mais un vaste mouvement d'anciens combattants (ils avaient alors entre quarante et cinquante ans) où se mêlaient paysans et membres de l'intelligentsia, ingénieurs et ouvriers. Ce « parti du peuple tout entier » qu'appelait Khrouchtchev de ses vœux n'aurait plus bientôt le moindre appétit pour l'expansion idéologique véritable après avoir frôlé le pire par simple bêtise à Berlin en 1961 et surtout à Cuba en 1962. Enfermé derrière son glacis défensif, l'Union soviétique s'assoupissait enfin, malgré une contestation lancinante de la Chine qui la poussait à la faute, notamment en Afrique et au Moyen-Orient. Mais l'empire soviétique connaissait encore de fortes croissances industrielles, organisait la colonisation agricole des terres vierges du Kazakhstan, conquérait le cosmos et, grâce à une communauté juive de plusieurs millions d'êtres, pouvait encore présenter devant le monde entier des prodiges des échecs comme Botvinnik, des mathématiciens et des physiciens comme Lev Gelfand ou Israël Landau, des interprètes musicaux sublimes, de David Oistrakh à Vladimir Ashkenazi, et même la plus grande ballerine de tous les temps, Maïa Plissetskaïa.

Au fond, l'Union soviétique, ce géant barbare, connaissait un grand mouvement de modernisation qui la portait à retrouver progressivement l'Europe, mais ayant renoncé, sinon aux moyens de coercition policière, au moins à l'usage permanent de la terreur. Il n'y avait encore aucun dissident, et Sakharov comme Soljenitsyne s'efforçaient toujours d'agir dans le cadre d'institutions en libéralisation progressive. Or ce même pays, encore politiquement archaïque et déjà moins influent qu'il avait pu l'être, avait imposé un modèle de développement socialiste radical fondé sur le plein-emploi absolu, la gratuité des soins et de l'éducation, l'égalité de tous les peuples qui cohabitaient sur son territoire.

En raison du défi que le pouvoir soviétique semblait lui lancer, toute l'Europe occidentale évoluait à son tour par controverse assumée vers un modèle de développement socialiste et démocratique où l'État-providence gagnait sans cesse en profondeur (même dans l'Espagne de Franco en pleine modernisation industrielle et touristique) et où le cycle de la décolonisation s'achevait avec la guerre d'Algérie.

Mieux : au cœur des contradictions du continent, la social-démocratie allemande de Willy Brandt lançait comme un défi aux communistes de la RDA, le *Modell Deutschland* d'une société tout aussi égalitaire, et tout aussi tournée vers le plein-emploi, mais libre et même contestataire sur le plan artistique, sur le modèle de la bonne vieille république de Weimar, en partie retrouvée.

En réalité, un seul idéal animait alors le continent tout entier : un solidarisme de toutes les classes sociales pacifiées par l'État-providence, et une détente idéologique qui rendait possible, dans les têtes, l'arrivée depuis 1956 environ du véritable après-guerre. « La guerre est finie », écrivait alors Jorge Semprun dans un admirable roman des désillusions de l'histoire et de la reconquête de la liberté, dont Alain Resnais ferait bientôt aussi un chef-d'œuvre cinématographique[1].

Oui, mais de cette histoire tragique des années 1940, encore si présente, les peuples de l'Europe avaient aussi conservé, comme dans une distillation, le meilleur possible : un esprit de sacrifice personnel issu des Résistances, un idéalisme tenace, une fascination générale pour les progrès de la science, et un sentiment égalitaire profond qu'avait résumé Jean-Paul Sartre dans une phrase célèbre de son autobiographie : « Un homme fait de tous les hommes, et qui les vaut tous[2]. » La RDA, on l'a vu, seule au cœur de cette Europe convalescente, ne participait pas à ces réjouissances, victime expiatoire, enlaidie à dessein, d'une guerre mondiale qui continuait sa théâtralité grotesque, le long du mur murant Berlin, sans pourtant beaucoup de murmures, et

1. *La guerre est finie*, film d'Alain Resnais d'après le scénario de Jorge Semprun, 1966.
2. Jean-Paul Sartre, *Les Mots*, Gallimard, 1963.

surtout pas en France où cette tragédie demeurait profondément méconnue.

LE RETOURNEMENT DES ANNÉES DE PLOMB

Ce n'est certes pas l'abcès constitué par la RDA, avec son silence pesant et surtout accablant, qui est la seule cause de la régression des années 1970-1985 : la montée en puissance d'un tiers-monde encore barbare, qui exalte la violence armée sans grande nuance démocratique s'impose peu à peu à une jeunesse européenne, passablement inculte et ignorante de la complexité des combats du passé. On assiste ainsi peu à peu au triomphe certes provisoire, mais localement prégnant, d'une régression, à l'ouest de l'Europe, vers les idées staliniennes les plus funestes. Les mécanismes de connivence entre l'Est et l'Ouest jouent désormais à l'inverse des années 1960. L'Est, encore balbutiant, des années 1960 parvenait alors à exporter ses aspirations démocratiques et sociales vers l'ouest où elles entretenaient une saine émulation, bien décrite par Eric Hobsbawm. Après 1968, l'Ouest délirant allait conforter les pires régressions staliniennes à l'est : le maoïsme de la Révolution culturelle permettait paradoxalement la restauration brejnévienne, qui n'avait pourtant rien à voir avec elle, l'antisionisme postsoixante-huitard nourrissait les persécutions antisémites polonaise et ensuite soviétique, l'antihumanisme proclamé par Louis Althusser finissait à l'est en dénonciation étatique des droits de l'homme, et le refus hautain des réformes économiques de l'Est avait trouvé ses idéologues ignares en Occident, le sinologue Charles Bettelheim, l'anthropologue Maurice Godelier, le philosophe Alain Badiou et le chef trotskyste Ernest Mandel remplissaient l'air de leurs imprécations sans savoir que Souslov, l'idéologue en chef du régime, après le Printemps de Prague, ourdissait la fermeture de l'institut d'économétrie de Fedorenko à Moscou, ou encore l'épuration des *Voprosy Filosofii* (« Les questions de philosophie »). Officiaient encore dans cet ultime bastion de la liberté intellectuelle en Union soviétique, le grand penseur géorgien Merab Mamardachvili et même, jusqu'à son scandale ultime, le bouleversant Alexandre Zinoviev. Le point de rupture fut atteint au Portugal en 1974, où gauchistes européens, toutes tendances confondues, faisaient la haie aux staliniens du parti communiste de Cunhal et à leurs amis du KGB et du GRU, infiltrés au sein du Mouvement des forces armées. Là, pour la première fois, les masques commençaient à tomber : pour la révolution néostalinienne de Lisbonne, toute l'extrême gauche européenne, pour la démocratie portugaise défendue avec force et courage par le socialiste Mario Soares, lui-même ancien communiste, les eurocommunistes Enrico Berlinguer et Santiago Carrillo (ainsi que, « *larnatus prodeo* », camouflé encore devant Moscou sinon devant Dieu, le Français Jean Kanapa), alliés, sans gêne apparente, à François Mitterrand et Willy Brandt, les deux piliers de la social-démocratie européenne.

C'est quelques années seulement après la grande bataille démocratique de Lisbonne de Mario Soares que l'on voit peu à peu l'extrême gauche, notamment celle qui a choisi le terrorisme et la lutte armée, se faire récupérer par la voiture-balai du KGB néostalinien, celui de Boris Chelepine, Erich Mielke et consorts. Mais déjà en 1975, en prélude au ciel des idées, Toni Negri et son ami Sergio Bologna faisaient éditer en Italie une traduction de l'ouvrage d'un jeune philosophe sud-africain, Hillel Ticktin, réhabilitant maladroitement l'Union soviétique ; ce dernier pour justifier son engagement aux côtés de l'ANC encore à demi stalinienne, Negri et Bologna en Italie pour une tout autre opération de guerre au réformisme du PCI, qui les conduira jusqu'à couvrir indirectement le meurtre de sang-froid du leader démocrate-chrétien Aldo Moro en 1978, par les Brigades rouges, parce qu'il s'était rendu coupable de vouloir intégrer le PCI dans la démocratie italienne.

Ces années, que l'on qualifie volontiers de plomb, avec une nuance parfaitement inutile de compassion pour les violents et les tortionnaires, auront en effet profondément divisé les deux Europes qui convergeaient en tout, à l'âge d'or de leur reconstruction de l'après-guerre. La gauche ouest-européenne, même social-démocrate, notamment en Angleterre et en Allemagne, du début des années 1980 s'était radicalisée, jusqu'à porter sur l'Union soviétique sénescente un regard de complaisance que même les communistes les plus réformistes de l'Est, encore dominés par leurs appareils, n'osaient plus porter. La jeunesse de 1968 qui s'était égarée dans le terrorisme, forme forte, ou dans le pacifisme intégral, forme diluée, n'avait plus guère de points communs avec ses contemporains de l'Est qui, en Pologne par exemple, se lançaient avec le Kor, « Comité de solidarité avec les ouvriers », premier noyau de Solidarnosc, dans une contestation démocratique radicale du régime et se réconciliaient ouvertement avec le conservatisme catholique d'inspiration libérale, celui de Jean-Paul II. La jeunesse soviétique était en réalité, comme on allait bientôt le constater, bien plus proche des jeunesses polonaise, hongroise, tchèque et même est-allemande, que, toutes ensemble, celles-ci ne l'étaient des jeunesses ouest-allemande ou française. Le rattrapage démocratique socialisant survenu en Europe du Sud, après la victoire de François Mitterrand en France en mai 1981, avait au contraire freiné, et de plus en plus fort, les retrouvailles avec une Europe de l'Est qui se libérait, en fait, progressivement de la totalité de son système social vermoulu.

Au lendemain de la chute du Mur, et plus encore deux ans plus tard, avec l'effondrement de l'Union soviétique elle-même, le malentendu demeurait tenace. À Prague, en 1992, François Mitterrand avait proposé aux pays de l'Est, tout juste émancipés, d'entrer dans une « confédération européenne » fermée aux États-Unis, et ouverte à l'opposé à ce qui restait de l'ancienne Union soviétique, le tout sans pour autant donner la moindre perspective d'intégration à l'Union européenne.

Peu auparavant, Mitterrand avait entrepris de reconnaître les putschistes d'un jour qui, à Moscou, avaient cru pouvoir disposer de Gorbatchev et de la démocratie russe renaissante, un beau jour d'août 1991. Oskar Lafontaine lui, qui pensait, à la tête du SPD, pouvoir barrer la route à la réunification, encaissait une défaite stratégique qui ouvrait la voie au déclin de sa carrière politique. Willy Brandt ne lui adressa plus jamais de sa vie la parole, lorsqu'il eut compris qu'il regrettait la chute du Mur.

À l'est au contraire, on réhabilitait tout ce qui avait été de droite, sans grand discernement. Dernier président impuissant de son État, le grand Alexandre Dubcek mourait dans un accident de voiture, à la veille de la sécession slovaque, à la Noël de 1992. Il était né en 1918, en même temps que l'État tchécoslovaque ; il ne lui survivait pas d'un seul jour, pas plus que les rêves et les rires du Printemps de Prague. En Yougoslavie enfin, sur les décombres de l'autogestion de Tito et de son égalité proclamée de tous les peuples qui la constituaient, des guerres mornes, cruelles et stupides morcelaient à présent ce qui avait été le territoire d'un État parfaitement viable et plutôt civilisé.

Les brumes de cette période contradictoire commencent à peine à se lever : l'Allemagne unifiée est dirigée par une grande dame est-allemande, les pays de l'Europe latine vident peu à peu leur trop-plein d'idéologie polarisatrice, dans une certaine allégresse française, dans la farce scatologique en Italie, dans une petite régression de type yougoslave dans la péninsule Ibérique. La Russie orpheline de l'Union soviétique parvient pourtant à recréer pour les siens un environnement viable. Les pays de l'ancien empire, de l'Estonie à la Bulgarie, sont à présent tous entrés dans l'Union européenne.

Sans doute cette fin de notre décennie 2000, couronnée par une crise financière en 2008, qui entretient désormais une volonté radicale de rompre avec la domination conceptuelle encore plus qu'économique des États-Unis, annonce-t-elle de nouveaux bouleversements majeurs. Sans nous avancer jusqu'à la prophétie, que l'on nous permette ici d'abattre en conclusion trois cartes :

La première : le basculement de 1989 fut rendu possible par le triomphe tardif à l'est, avec

Solidarnosc comme avec Gorbatchev, des idées communistes réformatrices et libérales des années 1960 et de la déstalinisation manquée.

La deuxième : la décennie de l'an 2000 parvient enfin à rétablir une géopolitique européenne plus traditionnelle, où l'Allemagne, située au cœur de l'Europe, en redevient, grâce à Berlin, effectivement le centre. Ce centre est pour l'instant seulement économique. Il prendra une forme politique achevée avec la résurgence d'une gauche allemande ayant tourné la page de la subordination aux empires et des violences compensatoires, ayant enfin pour parler clair tourné le dos aux compromissions de la Stasi et aux débordements violents du terrorisme.

Troisième carte : alors que les États-Unis comprenaient mal, mais à tout le moins avec bonne volonté, l'enchaînement des événements de 1989, l'Europe occidentale – Angleterre, Italie et surtout France – agissait de concert pour saboter la réunification de l'Allemagne. François Mitterrand, plus habilement et avec plus de ténacité que Margaret Thatcher en route pour le gâtisme ou Giulio Andreotti, absorbé par ses alliances mafieuses. Préservée pour des raisons seulement d'intérêts réciproques par Helmut Kohl, l'union franco-allemande perdait ce jour-là toute prestance idéale, toute projection stratégique dans le temps qui se construit. Nous y sommes encore.

Alors, comme le disait la belle affiche des contestataires encore à cette date est-allemands : « *Befreit uns noch einmal* » (« Libérez-nous une nouvelle fois). C'est un peu l'Amérique en effet, mais c'est beaucoup la Russie qui, en surmontant enfin sa tragique histoire, étaient parvenues à rendre leur liberté aux peuples que la guerre froide avait assujettis. Désormais, le destin de cette Russie enfin libératrice est devenu indissociable de celui de l'Europe tout entière, de la démocratie sociale et libre qu'elle doit encore édifier, en accomplissant la synthèse de ce que les deux expériences avaient de meilleur.

Une telle reconstruction passe ainsi :

1) Tout d'abord par la fin du cynisme à l'est et les retrouvailles avec les idées de déstalinisation et de démocratie ouvrière. Retour au Printemps de Prague, à l'humanisme catholique de Solidarnosc, à la révolte intellectuelle de la Russie moderne, au triomphe du marché contre les monopoles privatisés.

2) Ensuite par l'affirmation d'une Allemagne ayant renoué avec son marché intérieur et ses voisins, par des retrouvailles indispensables avec son économie sociale de marché.

3) Enfin, par le rétablissement d'une solide alliance franco-allemande, dirigée vers une Russie libre, dont il faut encourager coûte que coûte le projet de réindustrialisation.

Rien ne dit que de tels projets soient impossibles. Le plus dur n'a-t-il pas été fait ?

Table

Cet ouvrage a été imprimé en France par

CPI
Bussière

à Saint-Amand-Montrond (Cher)
en octobre 2009

Mise en pages : Bussière

N° d'édition : 1586/01. — N° d'impression : 092918/4.
Dépôt légal : octobre 2009.